Fabian Lenk

Darklands

Höhle des Schreckens

Band 2

FABIAN LENK

DARK LANDS

HÖHLE DES SCHRECKENS

BAND 2

KOSMOS

Umschlaggestaltung: Weiß-Freiburg GmbH – Graphik & Buchgestaltung
unter Verwendung einer Illustration von Arne Jysch

MIX
Papier aus verantwortungsvollen Quellen
FSC
www.fsc.org
FSC® C014496

Gedruckt auf chlorfrei gebleichtem Papier

ISBN 978-3-440-15517-2

Redaktion: Juliane Voorgang
Lektorat: Claudia Müller und Ina Lutterbüse
Innenlayout und Satz: Weiß-Freiburg GmbH – Graphik & Buchgestaltung
Druck und Bindung: GGP Media GmbH, Pößneck
Printed in Germany / Imprimé en Allemagne

INHALT

Für Yannick.
Weil er so etwas immer lesen wollte.

WAS BISHER GESCHAH

Nach einem gewaltigen Meteoritenschauer und einem verheerenden Tsunami ist die Erde verwüstet. Inmitten dieser Ödnis liegt Blackpool – einst eine blühende Millionenmetropole, nun eine verfallene, mit Staub überzogene Geisterstadt.

Doch es gibt dort noch Leben: In den Ruinen hausen Gruppen von Jugendlichen, die auf sich allein gestellt sind. Ihre Eltern sind verschollen oder bei der Naturkatastrophe gestorben.

Die Gangs leben in getrennten Revieren. Unter ihnen herrscht ein brüchiger Friede, sie treiben – notgedrungen – sogar Handel miteinander. Aber man misstraut und belauert sich.

Raven ist der Anführer der Desert Plants. Als Einzige haben sie Zugang zum wertvollsten Rohstoff: Wasser.

Eines Nachts werden die Desert Plants von der brutalen Sledgehammer-Bande überfallen und vertrieben. Sie müssen sich in einem alten Bunker verstecken.

Plötzlich taucht ein zwielichtiger Fremder bei ihnen auf: Mysticon. Er berichtet von einem sagenhaften Ort namens Paxtonia. In diesem „gelobten Land" soll es Wasser im Überfluss geben und Frieden herrschen. Allerdings weiß niemand, wo Paxtonia liegt.

Mysticon erzählt Raven, dass er einen Hinweis auf die Lage von Paxtonia bei sich habe: die eine Hälfte einer Karte, verborgen in einem fest verschlossenen Anhänger, den Raven an einer Kette um den Hals trägt. Den anderen Teil der Karte habe Ravens Zwillingsschwester Enya, die Anführerin der Waters.

Raven, seine Freundin Belana, sein bester Kumpel Zerron, der clevere Dippy, der hünenhafte Big T und Mysticon fliehen aus Blackpool – sie wollen Paxtonia finden.

Zuerst müssen sie sich zu Enya und den Waters durchkämpfen, um an die zweite Hälfte der Karte zu kommen. Ihre Reise führt sie durch die Darklands und steckt voller Gefahren. So müssen Raven und seine Leute unter anderem die Gebiete der berüchtigten Schattenländer und der verschlagenen Nebelnomaden durchqueren.

Doch schließlich erreichen die Gefährten das Revier der Waters: eine heruntergekommene Ölplattform namens Tower. Dort fügen Raven und Enya die beiden Kartenteile zusammen – und nun wissen sie, wo Paxtonia liegt.

Enya schließt sich der Gruppe um Raven an. Gemeinsam wollen sie Paxtonia finden und später ihre Freunde aus Blackpool und von der Ölplattform nachholen, um in Paxtonia in Frieden zu leben.

Aber schnell wird klar, dass sie verfolgt werden. Denn nicht nur die Deserts und die Waters wollen die sagenumwobene Oase in der zerstörten Welt erreichen. Außerdem scheint es einen Verräter in den eigenen Reihen zu geben.

IM STURM

Ein Blick in den Rückspiegel verriet Raven, dass die Jäger immer näher kamen. Vollgas! Sein X-Bow bäumte sich auf wie ein scheuendes Pferd und schoss los. Die Breitreifen mahlten auf dem sandigen Boden, Steinchen flogen in alle Richtungen.

Raven erreichte seine Freunde, die vor ihm durch die Wüste donnerten, und alarmierte sie.

Die Kolonne stoppte.

„Was? Schon wieder?“ Mysticon kletterte in den hinteren Teil seiner zum Cabrio umgebauten Stretchlimousine, auf deren Rückbank sich Yellow, der riesige Wolf mit dem gelben Auge, zusammengerollt hatte. Entschlossen packte Mysticon die beiden Metallgriffe, mit denen er das schwere Maschinengewehr ausrichten konnte. Nun deutete der Lauf des Geschützes auf den Horizont hinter ihnen, wo sich eine Staubfahne abzeichnete.

„Verfolgen die uns wirklich?“, fragte Enya, die aus ihrem Watercar gestiegen war. Sie beschattete die Augen mit der rechten Hand.

„Was denkst denn du?“, sagte Belana schroff. „Sie halten genau auf uns zu.“

Raven warf ihr einen Blick zu. Es war kein Geheimnis, dass Belana Enya nicht besonders mochte. Mehr noch: Sie misstraute seiner Schwester.

„Wir sollten uns verkrümeln, und zwar schnell“, ergänzte Belana.

Big T lachte dröhnend. „Oder sie gebührend empfangen.“ Er klopfte auf einen der Bumerangs, die in seinen großen Händen keine Spielzeuge, sondern gefährliche Waffen waren. „Mein Trummer ist ohnehin zu langsam für eine Flucht.“

Raven nickte. Big Ts Fahrzeug, das mit ihrem Trinkwasser und

Benzin beladen war, glich einem Koloss aus Stahl: Der Trummer war wuchtig wie ein Panzer, entsprechend langsam und daher für eine Flucht denkbar ungeeignet.

„Wenn wir noch lange hier rumreden, wird man uns die Entscheidung abnehmen!“, rief Dippy, der in seinem kleinen Helikopter saß. Fragend schaute er zu Raven.

Wortlos griff der Anführer zu seinem schwarzen Bogen aus Carbon, einer elegant geformten Präzisionswaffe mit fürchterlicher Durchschlagskraft. Niemand konnte besser damit umgehen als er. Ravens kluge Krähe Spy, die wie so oft auf seiner Schulter hockte, krächzte heiser.

Raven spähte durch das Zielfernrohr.

Wer zum Teufel war das?, fragte er sich. Leute aus dem armen Fischerdorf, das gegenüber von Enyas Ölplattform lag und das sie gerade verlassen hatten? Oder doch die Sledgehammer? Nicht zum ersten Mal seit ihrer waghalsigen Flucht aus Blackpool hatte Raven den Verdacht, dass ihre Erzfeinde ihnen gefolgt waren. Womöglich hofften sie, dass Raven und seine Leute sie nach Paxtonia führen würden ... Aber wussten die Sledgehammer überhaupt etwas von diesem Land, das allen, die davon gehört hatten, wie das Paradies erschien?

Wenn ihre Verfolger wirklich ihre Erzfeinde aus Blackpool waren, dann musste es einen Verräter unter den Gefährten geben!, schoss es Raven durch den Kopf.

Doch was war das? Die Staubfahne änderte die Richtung und driftete nach Westen ab. Raven spähte durch das Rohr, bis seine Augen brannten.

„Die scheinen einen anderen Kurs einzuschlagen“, sagte er erleichtert.

„Hm, sieht so aus“, stimmte Zerron ihm zu. Er stützte sich neben seinem Trike auf eine lange Schlagwaffe – den Bō.

Enya blickte Belana an und grinste. „Hab ich doch gesagt.“

Schweigend kletterte Belana auf ihre Motocrossmaschine.

Raven ließ seine Waffe sinken. „Dann also weiter nach Paxtonia!“, rief er. „Aber haltet die Augen offen. Wer weiß, vielleicht ist das nur ein Ablenkungsmanöver.“

Rollercoaster begann aufgeregt zu kläffen.

„Komm, mein Kleiner.“ Big T hob den Hund in den Trummer und setzte ihm eine verspiegelte Sonnenbrille auf. „Cool siehst du aus.“

Rollercoaster bellte glücklich.

In den nächsten Stunden kamen sie gut voran. Niemand stellte sich ihnen in den Weg, niemand verfolgte sie.

Raven bildete wieder die Nachhut. Eigentlich liebte er es, mit seinem schnellen und extrem wendigen X-Bow durch die Landschaft zu rasen. Aber hier war die Strecke zu anspruchslos für einen versierten Fahrer wie ihn – sie bot keinerlei Herausforderungen.

Öd und flach lag die Wüste vor ihnen: eine schier endlose Landschaft aus Sand und Geröll, eine von Gott verlassene und verschmähte Welt. Nichts lebte hier, nichts rührte sich. Kein noch so kleines Hälmchen wagte es, aus dem steinharten Boden hervorzubrechen. Es hätte auch keine Chance gehabt unter dem alles versengenden Feuerball, der Sonne.

Als sie am höchsten stand und sogar die Luft zu brennen schien, tauchten östlich von ihnen hohe Dünen auf.

Raven setzte sich an die Spitze des Zuges und gab das Zeichen für einen Stopp. Er wollte anhand der Kartenteile überprüfen, ob sie noch auf dem richtigen Weg waren.

In dem dürftigen Stück Schatten, das der Trummer bot, verteilte Big T ein paar Kekse. Außerdem tranken alle etwas von dem kostbaren Wasser. Dann hockten sich Raven und Enya hin und legten die beiden Kartenteile zusammen.

„Und?", fragte Mysticon, der sich den beiden lautlos von hinten genähert hatte und sich wie ein Geier über sie beugte.

Raven reagierte gereizt. Er traute Mysticon nicht. Dieser Mann hatte seine Augen und Ohren überall und Ravens Rolle als Anführer schon mehrmals infrage gestellt. „Warum schleichst du dich so an?"

Mysticon breitete die Arme aus. „Was denn? Ich bin doch nur neugierig. Sei nicht immer so nervös, Raven."

Dieser übertrieben väterliche und leicht spöttische Tonfall!

Doch Raven beherrschte sich und beugte sich so weit über die Kartenteile, dass Mysticon nichts mehr sehen konnte. „Wir geben euch gleich Bescheid", sagte er.

Wortlos wandte sich Mysticon ab.

„Wir sind hier", sagte Raven zu Enya und deutete auf eine bestimmte Stelle der Karte. „Glaube ich jedenfalls."

Sie strich sich eine lange Haarsträhne aus dem Gesicht und lachte leise. „Glaubst du? Du bist ja süß. Aber ich denke, du hast recht. Denn hier sind die Dünen eingezeichnet, die rechts von uns liegen."

Raven nickte. „Und vor uns liegt das Gebirge. Wir sind also richtig."

Er nahm den Teil der Karte, der ihm gehörte, und schob ihn in das Metallröhrchen zurück. Das letzte Geschenk seines Vaters Jordan, der während der großen Naturkatastrophe verschwunden war.

War sein Vater tot?, fragte Raven sich. Würde er jemals eine Antwort darauf erhalten?

Er wischte den Gedanken beiseite und starrte auf das Gebirge, das sich noch in beachtlicher Entfernung befand und das sie laut Karte überqueren mussten. Dahinter lagen ein weiteres Wüstengebiet und schließlich ihr eigentliches Ziel: ein Berg, der mit seinen vier Zinnen wie eine Gabel geformt war. Dort ganz in der Nähe war auf der Karte eine Stelle mit einem X markiert – der Zugang zu Paxtonia!

Raven wandte sich an die anderen: „Alles klar, weiter geht's!"

Nach einer Stunde hatte Raven das Gefühl, dass sie keinen Meter mehr vorankamen, obwohl sie mit Höchstgeschwindigkeit unterwegs waren. Das Gebirge schien einfach nicht näher zu rücken – im Gegenteil, es kam Raven so vor, als würde es vor ihnen zurückweichen und allmählich verschwinden. Er kniff die Augen zusammen und verstand, warum: Das Wetter schlug um. Der Wind hatte aufgefrischt. Sandfahnen wehten über den ausgedörrten Boden.

Mist!, dachte Raven. Das waren mit ziemlicher Sicherheit die Vorboten eines Sandsturms. Der hatte ihnen gerade noch gefehlt, denn weit und breit gab es kein Loch, wo sie sich hätten verkriechen können – geschweige denn eine Stadt, sei sie auch noch so verfallen, oder auch nur ein winziges Kaff. Dieses Land war tot und leer.

Raven schloss ein wenig zu den anderen auf.

Kurz darauf verschwand die Sonne hinter einem Schleier. Ein Laie mochte glauben, dass Wolken aufgezogen waren, aber Raven, der sich in der Wüste bestens auskannte, wusste es besser: Das waren Milliarden von feinsten Sand- und Staubpartikeln, die die Sonne verdunkelten.

Es herrschte ein düsteres Zwielicht, alle Konturen verschwanden.

Raven fuhr noch dichter an die anderen heran.

Unvermittelt tauchte Belana neben ihm auf. Mit ihrer Sonnenbrille und dem Tuch, das sie als Schutz gegen die feinen Sandkörner über den Mund gezogen hatte, sah sie jetzt aus wie jemand, der gleich eine Bank überfallen wollte.

Hektisch deutete sie nach rechts auf die Dünen, die ab und zu aus dem diffusen Einerlei auftauchten.

Und jetzt sah Raven es auch: Dort standen Gestalten – oder?

Schemenhafte Gestalten. Wie Wächter auf den Zinnen einer Burg! Sie hatten etwas in den Händen. Waren das ... lange Gewehre oder Lanzen oder ... Harpunen?

Oh mein Gott, dachte Raven. Was waren das für Krieger? Waren sie wieder verfolgt worden, ohne dass sie es bemerkt hatten? Schlimmer noch: Hatten die Typen sie bereits eingeholt?

„Hast du die Dinger in ihren Händen gesehen?“, schrie Belana ihm zu. „Das sind Harpunen! Solche Dinger tragen doch Enyas Waters!“

Raven schluckte.

„Ich wette, dass Enya ihre Krieger entgegen ihrer Ankündigung doch in Bewegung gesetzt hat, um uns heimlich zu folgen!“, fuhr Belana fort. „Sie will uns ausschalten, um das Wasser, das es in Paxtonia geben soll, nicht mit uns teilen zu müssen.“

Auf keinen Fall!, dachte Raven. Das konnte er nicht glauben. Er traute seiner Schwester so etwas nicht zu. Aber Belana sah das ganz anders. Raven fiel der Schatten ein, der sich ihm nachts genähert hatte, als sie auf Enyas abgetakelter Ölplattform namens Tower geschlafen hatten. Ein Schatten, der ihn vermutlich hatte angreifen wollen, um den zweiten Teil der Karte zu stehlen. Nur der Aufmerksamkeit von Spy und Big Ts Pitbull war es zu verdanken gewesen, dass der Täter sein Vorhaben nicht in die Tat umgesetzt hatte und geflohen war.

Raven jagte nach vorn zu Mysticon und Enya und brachte den Konvoi erneut zum Halten.

Schnell versammelten sich alle um Ravens X-Bow.

„Ein Sandsturm zieht auf“, grummelte Mysticon.

Der Wolf kauerte zu seinen Füßen und musterte Raven mit dem einen ihm verbliebenen gelben Auge. Spy flatterte heran und setzte sich auf den Rücken des riesigen Tieres. Der Furcht einflößende Wolf und die kluge Krähe waren die besten Freunde – im Gegensatz zu Raven und Mysticon.

„Nicht nur das.“ Belana zeigte zu den Dünen. „Da waren Krieger.“

„Wo?“, fragte Enya. „Da ist doch gar keiner.“

Raven suchte die Stelle mit den Augen ab. Nun war dort wirklich keiner mehr ... „Ich habe die Typen aber gerade auch noch gesehen“, sagte er.

„Vielleicht habt ihr euch ja beide geirrt“, meinte Mysticon, den Körper gegen den immer heftiger werdenden Wind gestemmt. „In dieser Suppe sieht man manchmal Dinge, die nicht real sind. Ist mir auch schon passiert.“

„Wir haben uns das nicht eingebildet! Da waren bewaffnete Krieger.“ Belanas Augen bohrten sich in Enyas. „Aber sie hatten nicht irgendwelche Waffen. Es waren, wenn mich nicht alles täuscht, Dreizacke. Also die Waffen deiner Leute, der Waters.“

„Was willst du damit sagen?“, rief Enya aufgebracht.

Belana baute sich vor ihr auf. „Na, was wohl? Kann es sein, dass deine Leute uns folgen – entgegen der Abmachung?“

Enya wich keinen Millimeter zurück. Aus ihren Augen schienen Funken zu sprühen. „Ich weiß nicht, was du gegen mich hast, Belana, aber du fängst an, mir mächtig auf die Nerven zu gehen. Wenn du so etwas behauptest, musst du es auch belegen können. Also: Wo sind deine Beweise?“

„Ich brauche keine Beweise“, erwiderte Belana und fuhr über die Klingen ihrer Wurfmesser, die sie immer an einem Gürtel trug. „Ich habe Augen im Kopf. Und zwar sehr gute.“

„Bei diesem Mistwetter ist es aber doch wirklich gut möglich, dass ihr euch geirrt habt“, versuchte Dippy zu vermitteln. „Und es bringt nichts, wenn wir streiten. Wir sind ein Team.“

„Stimmt“, meinte Big T. „Niemand hat uns angegriffen. Falls dort wirklich Krieger waren, dann haben sie sich offenbar zurückgezogen. Hoffentlich.“ Mit Rollercoaster auf dem Arm kletterte er zurück in seinen Trummer. „Hier draußen wird's mir zu ungemütlich. Ich habe den Sand schon überall. Lasst uns weiterfahren. Vielleicht können wir diesen verdammten Sturm abhängen. Und wenn wir ganz viel Glück haben, ändert er seine Richtung."

„Okay, los geht's", gab Raven das Kommando. Er schaute noch einmal kurz zu Belana, die mit verschlossener Miene ihr Tuch ins Gesicht zog und dann ihre Maschine bestieg.

In einer Fächerformation donnerte der kleine Tross durch die Ödnis.

Erneut schaute sich Raven um. Die Sicht wurde immer schlechter. Der Wind heulte und entwickelte sich zu einem heftigen Sturm. Mit enormer Kraft und unbändiger Wut rüttelte er an der Karosse des X-Bows, als wollte er, dass Raven und Spy hinausfielen. Immer wieder verpasste der Sturm dem geländegängigen Wagen regelrechte Schläge.

Ravens Hände krallten sich um das Lenkrad, um die Kontrolle über den X-Bow zu behalten, während Spy nervös auf dem Armaturenbrett herumspazierte und mit den Flügeln schlug.

Einzig der schwere Trummer lag ruhig auf der Piste, aber den anderen erging es nicht besser als Raven. Zerrons Trike driftete von rechts nach links und Dippys Hubschrauber war erst recht ein Spielball des Orkans.

Big Ts Hoffnung, dass der Sturm abdrehen würde oder sie ihn hinter sich lassen könnten, hatte sich nicht erfüllt, dachte Raven enttäuscht. Der Konvoi befand sich nicht vor dem Sturm, er steckte mittendrin.

Eine Bodenwelle, die Raven nicht hatte kommen sehen, ließ den X-Bow abheben. Nach einem kurzen Flug landete der Wagen hart auf der Piste. Die Stoßdämpfer ächzten, der X-Bow ging in die Knie und federte wie eine sprunggewaltige Raubkatze wieder nach oben. Noch ein kurzer Sprung, dann schlitterte das Fahrzeug wieder über den sandigen Boden.

Raven schätzte, dass er kaum mehr als zwanzig Meter weit gucken konnte. Vielleicht sollte ich die Scheibenwischer anmachen?, dachte er und grinste. Aber funktionierten die überhaupt? Raven konnte sich nicht erinnern, jemals Regen gesehen zu haben. Er kannte nur die Sonne, ihr grelles Licht, ihre gnadenlosen Strahlen. Die ewige Sonne, die Blackpool ebenso ausdörrte wie die Darklands oder diese gottverdammte namenlose Wüste, durch die sie sich gerade kämpften.

Zack!, wieder ein Schlagloch, verborgen im Sand. Der X-Bow brach aus, Raven kurbelte am Lenkrad, der Wagen kreiselte um die eigene Achse und landete in einer kleinen Düne.

Raven gab Gas, die Räder drehten durch und schleuderten Fontänen aus Sand in die Luft wie ein Geysir das Wasser. Jetzt sackte der Wagen ein Stück nach unten.

Es war nicht das erste Mal, dass Raven in der Wüste gestrandet war. Routiniert stellte er die Räder schräg, legte den Rückwärtsgang ein und gab vorsichtig Gas. Doch das brachte nichts. Vorwärtsgang, Rückwärtsgang – Raven wippte mit dem Auto abwechselnd in beide Richtungen. Aber es war alles umsonst, er steckte fest!

Normalerweise wäre Raven jetzt ausgestiegen, hätte die Räder ausgegraben und ein Stück Holz oder Metall daruntergelegt, um wieder freizukommen. Doch er wagte es nicht, den X-Bow zu verlassen. Der Sturm hatte noch zugelegt, er peitschte das Auto, bombardierte es mit Milliarden von feinsten Sandkörnern. Die Krähe machte ein Mordstheater und hüpfte vom Armaturenbrett auf Ravens linken Oberschenkel. Behutsam strich Raven über Spys Gefieder.

Erst jetzt kam er auf die Idee, auf die Hupe zu drücken. Hoffentlich würden seine Freunde ihn hören und ihm helfen. Big T könnte den X-Bow mit seinem Trummer mühelos aus dem Sand ziehen. Die Hupe schallte lang und laut in den Sturm, doch Raven war sich nicht sicher, ob der Wind das Geräusch nicht sofort schlucken würde.

Raven hatte wieder die Nachhut gebildet, zudem war die Sicht extrem schlecht ... hatten seine Freunde überhaupt gemerkt, dass er in Schwierigkeiten steckte?

Ein Motor heulte neben ihm auf und Raven drehte den Kopf.

Belana auf ihrem Motorrad! Sein Herz machte einen Sprung.

Sie glitt von der Maschine und riss die Tür auf. Begleitet von einem Schwall Sand sprang sie auf den Beifahrersitz und knallte die Tür wieder zu. „Kein guter Platz für eine Pause, Raven. Willst du hier ein Picknick machen?“

„Klar“, erwiderte er. „Ich wollte aber noch die anderen einladen. Hast du sie gesehen?“

Sie schüttelte den Kopf. „Nein, unmöglich bei diesem Wetter. Aber wir werden sie schon finden.“ Sie wedelte mit der Hand durch die Luft. „Später, wenn das hier vorbei ist und wir deinen Wagen freigelegt haben.“

Raven rutschte in seinem Schalensitz ein Stück tiefer.

Der Konvoi war auseinandergerissen worden. Das hätten sie unbedingt verhindern müssen.

Die nächsten Minuten vergingen schweigend.

Belana war es schließlich, die zuerst etwas sagte: „Ich glaube, wir saufen ab." Sie lachte bitter. „Im Sand."

Der Sand wurde gegen den Wagen gepeitscht und türmte sich auf wie eine unaufhaltsame Flut. Die Türen des X-Bows würden sich wahrscheinlich schon gar nicht mehr öffnen lassen, dachte Raven panisch.

Flut, Wassermassen ...

Bilder des bösen Traums, der ihn seit Jahren quälte, tauchten vor seinem geistigen Auge auf: das dunkle kalte Wasser, die turmhohen Wellen, die sich vor ihm aufbäumten. Vor ihm, dem kleinen Jungen, der sich vor zehn Jahren verzweifelt an einen Holzbalken geklammert und um sein Leben gekämpft hatte, während die Welt um ihn herum unterging. Eine Welt, die damals in ihrer alten Form aufgehört hatte zu existieren – als die Meteoriten sie durchlöcherten und der Tsunami kam, der all das verschlang und ertränkte, was die Meteoriten zu zerstören vergessen hatten.

Raven rang nach Luft.

„Alles klar?" Belana strich ihm behutsam über die Stirn und holte ihn aus dem schwarzen Loch der Erinnerung zurück in die Gegenwart.

Er sah in ihr Gesicht mit den unzähligen Sommersprossen und den grünen Augen, die geheimnisvoll funkelten wie zwei kleine unergründliche Seen.

Die Schatten der Angst verschwanden allmählich und Raven spürte, wie sehr er Belana mochte.

Ihm wurde klar, dass er sie nicht nur mochte – er war verliebt, und das nicht erst seit diesem Moment!

Er zog ihren Kopf zu sich heran. Dann berührten sich ihre Lippen, während die sandige Flut um sie herum weiter stieg.

Eine kleine Ewigkeit später löste er sich von ihr – ganz vorsichtig, als könnte ein Schatz aus seinen Händen gleiten.

Belana lächelte ihn an. Doch dann erstarrte sie plötzlich.

„Der Sand steht schon bis zu den Fenstern", flüsterte sie. Unruhig huschte ihr Blick durch das Auto. „Meinst du, wir kommen hier lebend wieder raus?"

Was sollte er dazu sagen?

Na klar, kein Ding, das schaffen wir. Wirst schon sehen. Oder: Logo, das bisschen Sand puste ich weg.

Raven schwieg lieber. Dann lehnte er sich an ihre Schulter. Wenn der Sand sein Grab werden sollte, dann war er wenigstens nicht allein ...

Er drückte Belana an sich, und sie klammerten sich im tosenden Sturm aneinander wie zwei Ertrinkende.

Raven schloss die Augen, er wollte nicht mit ansehen, wie der Sand sie ganz langsam zudeckte und ihnen irgendwann die Luft zum Atmen nahm.

Plötzlich klatschte etwas gegen die Scheibe und Raven riss die Augen wieder auf, während Belana einen spitzen Schrei ausstieß. Etwas Schmieriges rutschte langsam über das Glas. Lange, tiefrote Schlieren hinter sich herziehend, bewegte es sich in Richtung Motorhaube.

Raven schluckte, sein Magen krampfte sich zusammen. Was war das?

Wieder ein Schlag, diesmal gegen die kleine Heckscheibe. Mit offenem Mund spähte Raven nach hinten. Er starrte auf etwas, das ihn an eine riesige aufgeplatzte Tomate erinnerte. Rasch wandte er sich ab.

Nur nicht durchdrehen, ermahnte er sich. Nicht in Panik geraten. Wir sind hier sicher ... oder?

Der Wind schien sich einen Spaß daraus zu machen, ihn und Belana durchzuschütteln. Der X-Bow und seine beiden Insassen waren in den Händen des Sandsturms nur ein lächerlich kleines Spielzeug. Wenn er wollte, könnte er es hochheben und wegschleudern – oder es langsam flach schmirgeln mit seinen Billionen von Sandkörnern, die den Wagen wie in einem Trommelfeuer bearbeiteten.

Raven kam es vor wie ein Tod auf Raten.

Minuten verstrichen.

Doch der Tod hatte noch keine Zeit für ihn, Belana und Spy. Denn auf einmal ließ der Sturm nach, er zog sich zurück, wurde allmählich zu einem lauen Lüftchen, als schliche er sich auf leisen Sohlen davon.

Als das Prasseln der Körner auf der Karosse leiser wurde, blinzelte Raven an Belanas Schulter vorbei. „Es ist ... vorüber!", rief er.

Er versuchte, die Tür zu öffnen, aber es ging nicht. Dann kurbelte er die Scheibe herunter, wobei eine Ladung Sand in den Wagen rieselte, während sich Belana bereits um die andere Scheibe kümmerte.

Schließlich gelang es den beiden, aus dem X-Bow zu krabbeln. Spy war natürlich viel schneller, er schoss in den nach wie vor verhangenen Himmel und krächzte laut.

Raven schaute sich um. Das ekelhafte rote Zeug war von seinem X-Bow verschwunden. Was war das gewesen? Und wo waren ihre Freunde? Er konnte sie nirgends entdecken.

„Wir legen den Wagen und deine Maschine frei und fahren weiter in Richtung Gebirge. Dann werden wir Enya, Zerron und die anderen schon finden“, sagte er zu Belana.

Der Lenker ihres Motorrades ragte nur noch einen halben Meter aus dem Sand hervor.

Sie nickte. „Hast du eine Schaufel?“

„Klar“, erwiderte Raven und gab sie Belana. Er selbst begann mit den Händen zu graben.

Es war eine schweißtreibende Arbeit, aber schließlich hatten sie es geschafft: Beide Fahrzeuge waren vom Sand befreit. Dann schossen Raven und Belana los. Nach etwa einem Kilometer sah Raven den Trummer von Big T. Er atmete tief durch.

Kurz darauf bremsten sie vor dem mächtigen Fahrzeug ab. Big T lehnte an der Motorhaube und winkte ihnen zu. Doch sein Gesicht verriet keine Freude.

Raven sprang aus dem X-Bow und sah sich um. Einer aus ihrer Gruppe fehlte …

AN DER KLIPPE

„Wo ist Dippy?“, fragte Raven, während Rollercoaster auf ihn zuflitzte, um ihn zu begrüßen.

Mysticon, der mit Zerron und Enya neben Big T stand, schaute ihn und Belana düster an. „Wir wissen es nicht.“

Jetzt hatte der Pitbull Raven erreicht und überschlug sich förmlich vor Freude: Er kugelte an Raven vorbei, rappelte sich wieder auf und stürmte erneut auf ihn zu.

„Schon gut, schon gut“, sagte Raven abwesend zu dem Hund und wandte sich an die anderen. „Wo habt ihr Dippy das letzte Mal gesehen?“

Enya hob die Schultern und ließ sie langsam wieder sinken. „Wir wurden im Sturm voneinander getrennt. Jeder hatte genug mit sich selbst zu tun ... aber ich bin so froh, dass wenigstens du wieder da bist.“ Sie trat dicht an Raven heran und berührte sein Gesicht.

Raven hatte durchaus registriert, dass Enya Belana mit keiner Silbe erwähnt hatte, aber er ging nicht darauf ein. „Wir müssen Dippy suchen!“, sagte er.

„Ja, das hatten wir auch gerade vor“, erwiderte Zerron, der zunächst Belana und dann Raven umarmte.

„Kuscheln könnt ihr später“, knurrte Mysticon und nahm einen Schluck aus einer Flasche, die garantiert nicht Wasser, sondern irgendeinen Alkohol enthielt.

„Genau, denn vielleicht ist Dippy verletzt und braucht schnell Hilfe“, stimmte Belana ihm zu und klopfte auf die Tasche mit den Arzneimitteln und dem Verbandszeug, die sie immer bei sich trug.

„Wir teilen uns auf und decken alle Himmelsrichtungen in einem

Radius von zehn Kilometern ab", sagte Raven. „Vielleicht hat sich Dippy in dem Orkan verflogen und musste irgendwo notlanden."

„Genau!", rief Zerron. „Wir finden ihn schon. Einen Hubschrauber kann man eigentlich kaum übersehen."

Doch Zerron lag leider falsch, wie sie feststellen mussten, als sie nach einiger Zeit wieder zusammenkamen. Niemand hatte Dippy oder seinen Helikopter entdecken können.

„Wir sollten es noch einmal probieren und den Suchbereich ausdehnen", schlug Belana vor.

Mysticon öffnete wieder seine Flasche, nahm einen Schluck und schüttelte den Kopf. „Ich fürchte, das wird nichts bringen. Außerdem müssen wir unsere Spritvorräte im Auge behalten."

„Ich pfeife auf den Sprit, hier geht es um Dippy!", fuhr Raven ihn an.

Belana, Zerron und Big T schlugen sich sofort auf Ravens Seite, während Enya unschlüssig wirkte.

„Wir haben keine unerschöpflichen Reserven, Raven, das weißt du ganz genau", verteidigte sich Mysticon. „Wenn wir Paxtonia jemals erreichen wollen, müssen wir mit dem Sprit sorgsam umgehen und dürfen nicht einen Tropfen davon verschwenden."

Da wurde Raven noch wütender. „Verschwenden? Du hältst die Suche nach Dippy für Verschwendung?"

„Natürlich nicht!", erwiderte Mysticon kalt. „Aber was bringt es, wenn wir alle sterben, weil wir nach Dippy suchen und uns deswegen das Benzin ausgeht? Oder siehst du hier irgendwo eine Tankstelle?"

Raven kochte innerlich. „Halt den Mund!"

Mysticon machte einen Schritt auf ihn zu, sodass Raven seinen alkoholgetränkten Atem riechen konnte.

„Sei vorsichtig und überleg dir gut, was du sagst", zischte Mysticon leise und drohend. „Ein guter Anführer lässt sich nicht von Gefühlen leiten, er trifft seine Entscheidungen auf der Basis von Fakten. Und Fakt ist, dass Dippy irgendwo in dieser verdammten, endlosen Wüste verschwunden ist und wir ihn nicht finden werden."

„Wie kannst du dir da so sicher sein?", erwiderte Raven. „Und noch etwas: Ein guter Anführer kümmert sich um seine Leute und gibt sie nicht einfach auf."

„Völlig richtig", pflichtete Zerron ihm bei.

Auch Big T und Belana waren nach wie vor auf Ravens Seite.

„Also, wir versuchen es noch einmal", sagte Raven zu ihnen. „Und jetzt erweitern wir den Radius auf zwanzig Kilometer."

Alle bis auf Mysticon folgten seinem Aufruf.

Doch das Ergebnis war niederschmetternd. Auch bei der zweiten Suche fanden sie Dippy nicht.

Mysticon schaute sie lange an, als sie sich wieder im Schatten des Trummers versammelt hatten. „Tut mir leid", sagte er.

„Was tut dir leid?", fauchte Belana ihn an. Sie hatte Tränen in den Augen. „Dass wir wegen Dippy Sprit verfahren haben?"

Raven hob die Hand und brachte sie zum Schweigen. Kein Streit. Nicht jetzt. Wortlos ging er ein paar Schritte in die Wüste. Er musste jetzt allein sein.

Dippy war vermutlich tot. Der kleine, kluge und fröhliche Dippy, der immer so vor Ideen gesprüht und den jeder gemocht hatte. Vielleicht lag er im Wrack seines Hubschraubers. Irgendwo da draußen in der unendlichen Wüste, in einer gnadenlosen Welt ohne Anfang und ohne Ende, voller Tod und Verderben.

Raven knirschte mit den Zähnen. Er wollte nicht weinen, doch die Tränen kamen unaufhaltsam. Er war verantwortlich für den Tod seines Freundes. Es war seine Schuld. Dippy hätte in Blackpool bleiben müssen – bei Hank und den anderen Deserts, die sich in dem Bunker verkrochen hatten. Dort wäre Dippy eher in Sicherheit gewesen als hier draußen bei ihnen.

„Raven?"

Langsam drehte er sich um.

Es war Belana. Eine Träne lief über ihre rechte Wange.

Sie griff nach Ravens Hand und drückte sie. „Du kannst nichts dafür. Dippy wollte unbedingt mit, erinnerst du dich?"

Er nickte.

„Es war seine Entscheidung. Er wusste, wie riskant es sein würde, mit uns zu kommen", fuhr Belana leise fort.

Raven sog die Luft tief ein. „Glaubst du das wirklich?"

„Ja. Das war uns doch allen klar. Ich bin wegen Dippy genauso traurig wie du. Aber wir dürfen nicht resignieren, wir dürfen jetzt nicht einfach aufgeben. Das sind wir den anderen, die noch in Blackpool ausharren und auf uns warten, schuldig. Dippy würde das garantiert auch so sehen. Und jetzt komm, wir müssen weiter."

Raven straffte die Schultern. Dann ging er zum X-Bow und zeigte in Richtung der hohen Bergkette, die nun wieder gut zu erkennen war. „Du hast recht. Los geht's!"

Diesmal übernahm Raven die Führung und Mysticon bildete die Nachhut.

Am frühen Abend erreichten sie das Gebirge, das sich wie eine gewaltige Mauer vor ihnen auftürmte. Sie stoppten, um etwas zu essen und die nächsten Schritte zu besprechen.

Big T zauberte ein einigermaßen genießbares Mahl aus Konservendosen. Dazu gab es lauwarmes Wasser.

Die Gefährten saßen um ein Feuer herum. Der mächtige Wolf Yellow ruhte zu Füßen seines Herrn Mysticon. Rollercoaster spielte mit einer leeren Dose, während Spy auf Ravens Schulter hockte.

Nachdem alle halbwegs gesättigt waren, sagte Enya: „Wir müssen über diese Berge, aber ich frage mich, wo es hier eine Straße oder wenigstens einen Weg gibt, der breit genug für den Trummer ist."

Big T hörte kurz auf zu kauen. „Tja, hier ist nichts dergleichen zu sehen."

„Warum fahren wir nicht einfach unten am Fuß des Gebirges entlang, bis wir eine Straße finden, die bergauf führt?", schlug Zerron vor.

„Weil das zu viel Sprit kosten würde", sagte Mysticon genervt. „Wir können doch nicht aufs Geratewohl irgendwo hinfahren und hoffen, dass wir eine Passstraße finden, die über die Berge führt. Dippys Hubschrauber wäre jetzt Gold wert. Denn aus der Luft würden wir garantiert schnell den richtigen Weg entdecken."

Dippy ..., dachte Raven. Er konnte es immer noch nicht glauben, dass sie ihren Freund verloren hatten.

„Lasst uns auf die Karte schauen, vielleicht finden wir dort einen Hinweis", schlug Enya vor und zog Raven ein Stück beiseite.

Raven holte seinen Teil aus dem Röhrchen. Die Zwillinge glätteten die beiden Hälften und legten sie bündig aneinander.

„Hm, die Karte ist leider nicht sehr genau", meinte Enya und schaute an den Bergen hoch. „Sie nützt uns diesmal herzlich wenig. Dennoch müssen wir da irgendwie rüber."

Sie verstauten die Kartenteile und gingen wieder zu den anderen. Raven setzte sich neben Belana.

„Was haltet ihr davon, wenn wir einen Spähtrupp bilden?", fragte Enya. „Ich könnte allein losfahren und einen Pass suchen. Dann verbrauchen wir nicht unnötig Benzin und ..."

„Du allein?", fiel Belana ihr sofort ins Wort. „Warum gerade du?"

Raven zog die Augenbrauen hoch.

„Was regst du dich so auf?", fragte Enya kühl. „Es ist doch nur ein Vorschlag, der uns allen nützen könnte."

„Ich finde den Vorschlag gut", schlug sich Zerron auf Enyas Seite.

Was jetzt nicht wirklich verwunderlich ist, dachte Raven. Du findest alles gut, was sie tut. Zerron himmelte Enya schon seit ihrer ersten Begegnung auf der Ölplattform an, aber das nahm er seinem besten Freund nicht übel. Enya hatte die Ausstrahlung und das selbstbewusste Auftreten einer Königin.

Belana rückte so dicht an Raven heran, bis sich ihre Schultern berührten. „Lass Enya nicht allein fahren", wisperte sie in sein Ohr.

„Hast du etwa Angst, dass sie sich aus dem Staub macht, wenn sie den Pass gefunden hat?", fragte er ebenso leise.

„Es ist ... nur so ein Gefühl", flüsterte Belana eindringlich. „Denk an die Typen, die wir im Sandsturm gesehen haben. Sie trugen Waffen, die aussahen wie Harpunen. Vielleicht waren es ja doch Enyas Krieger, und vielleicht folgen sie uns weiterhin heimlich und warten nur auf ein Zeichen von ihr. Wenn Enya den Zugang zu Paxtonia gefunden hat, werden die Waters uns womöglich vernichten."

Oh mein Gott, dachte Raven. Was, wenn Belana recht hatte? Einmal mehr war er hin und her gerissen. Auf der einen Seite stand Belana, die für ihn weit mehr war als eine Gefährtin und Kriegerin – und auf der anderen seine Zwillingsschwester Enya, zu der er eine tiefe Zuneigung empfand und die er nicht wieder verlieren wollte.

Plötzlich hatte er eine Idee: „Wir fahren zu zweit", rief er in die Runde. „Enya und ich."

„Sehr gut!", meinte Belana und klang erleichtert.

Auch Big T und Zerron fanden den Vorschlag gut, während Enyas Miene weder Zustimmung noch Ablehnung verriet. Nur Mysticon sprach sich eindeutig dagegen aus: „Bleib du lieber hier bei deinen Leuten, Raven. Ich werde mit Enya fahren."

Das könnte dir so passen, dachte Raven. Er hatte Mysticons ewige Widerworte satt. „Nein", entschied er. „Ich werde Enya begleiten. Ende der Diskussion."

Mysticon sah ihn verächtlich an. „Wow, der Häuptling hat gesprochen. Mach dich nicht lächerlich, Raven. Aber wenn es dir ein gutes Gefühl gibt, dann fahr du mit."

In Raven brodelte es, doch er beherrschte sich.

Kurz darauf brachen Raven und Enya im X-Bow auf, der mit seinem Vierradantrieb weitaus geländegängiger war als Enyas Watercar.

„Pass auf dich auf“, hatte Belana in Ravens Ohr gehaucht, bevor er den Motor gestartet hatte.

Nun rollten sie langsam am Bergmassiv entlang, das von der Abendsonne in ein mildes Licht getaucht wurde. Sie hatten sich entschieden, Richtung Westen zu fahren.

Raven und Enya hielten die Augen auf, starrten auf die schroffen, steinigen Flanken, suchten einen Weg. Nach etwa drei Kilometern stieß Enya einen spitzen Schrei aus. „Schau mal: neben dem verdorrten Busch ...“

Raven blickte nach rechts: Dort begann eine Schotterpiste, die steil bergauf führte! „Ich fasse es nicht“, jubelte er. „Das könnte es sein!“

Er beschleunigte und trieb den X-Bow die serpentinenförmige Piste hinauf, die auch breit genug für den Trummer war.

Ravens extrem leichter, aber dennoch stabiler Zweisitzer, der über zweihundertfünfzig PS verfügte, konnte jetzt seine ganze Stärke ausspielen. Wie eine Spinne klebte der tiefergelegte Wagen mit den Breitreifen auf der Piste, die an manchen Stellen über zwanzig Prozent Steigung aufwies. Immer wieder fiel ihr Blick links und rechts der Piste in einen Abgrund.

Mit einem glücklichen Lächeln jagte Raven das Kraftpaket den Berg hinauf, während sich Enya an der Seitenlehne in der Tür festklammerte.

Nach einer halben Stunde gelangten sie zu einer Passhöhe mit einem staubigen Plateau. Hier stoppte Raven und sie stiegen aus.

Raven schaute zurück und sah weit unter sich das Lagerfeuer ihrer Gefährten. Es war nicht mehr als ein heller Punkt, von dem

Rauch aufstieg. Drumherum standen die Fahrzeuge: der Trummer, Belanas Bike, die Stretchlimousine, Zerrons Trike und Enyas Watercar.

„Komm hier lang!“, rief Enya und lief ein paar Meter nach rechts.

Raven folgte ihr und gelangte an eine Klippe, die senkrecht abfiel. Es ging mindestens dreihundert Meter in die Tiefe, schätzte er, während der Wind mit seinen Haaren spielte.

Vor ihnen breitete sich eine weitere riesige Wüstenlandschaft aus, die nicht weniger trostlos war als die, die sie in den letzten Tagen durchquert hatten. Aber am Horizont war etwas zu sehen, was Ravens Herz höherschlagen ließ.

„Sieh mal, die Bergspitze, die wie eine Gabel geformt ist!“, rief er euphorisch. „Dieser Berg ist auch auf der Karte eingezeichnet. Das muss der Zugang zu Paxtonia sein!“

„Ja“, sagte Enya. „So wird es sein. Wir haben es wirklich bald geschafft.“

Raven strahlte über das ganze Gesicht. „Paxtonia ... Und schau, da führt der Serpentinenweg hinunter in die Wüste.“

Er machte noch einen Schritt nach vorn und stand jetzt unmittelbar an der Kante zum Abgrund. Kieselsteine lösten sich und fielen in die schier bodenlose Tiefe.

Enya blieb hinter ihm.

Raven genoss die Aussicht und den Wind. Er starrte auf den seltsam geformten Berg, als könne er ihn mit telepathischen Kräften zu sich heranbeamen. Dort lag ihr Ziel. Paxtonia, das gelobte Land. Das Land des Wassers.

Doch plötzlich überkam Raven ein merkwürdiges Gefühl. Er

wirbelte herum. Enya stand direkt hinter ihm, die Hände ausgestreckt – und für einen Moment glaubte Raven, dass sie ihn in die Tiefe stoßen wollte.

Enya lächelte ihn seltsam an. Ihre sonst eisblauen Augen wurden dunkel wie zwei schwarze Brunnen. Dann tat sie etwas, womit Raven niemals gerechnet hätte: Enya umarmte ihn am Rand des Abgrunds. Während unter seinen Füßen die Kante bröckelte, fragte sie ihn leise: „Vertraust du mir?"

Raven, vollkommen irritiert von der Situation, schwieg.

„Liebst du mich?" In Enyas Augen glomm jetzt ein unheimliches Feuer. „So, wie ein Bruder seine Schwester lieben kann und darf?"

Liebe? Was sollte das? Er suchte nach Worten, fand aber keine.

Enyas Lächeln verschwand. Ihr Gesicht wurde hart wie Granit. Ihre Lider fielen wie bleiche Schleier über die Augen.

Dann stieß sie Raven vor die Brust. Schreiend kippte er nach hinten.

GEFÄHRLICHE SPIELE

Im letzten Moment packte Enya mit der rechten Hand zu, erwischte Ravens Hemd und wollte ihn auf das Plateau zurückziehen.

Stoff riss, während er hilflos mit den Armen ruderte, Entsetzen in den Augen.

Wie eine Schraubzwinge schloss sich Enyas linke Hand um seinen Unterarm – und jetzt hatte sie ihn, zerrte ihn zurück auf das Plateau, zurück ins Leben.

Keuchend lag Raven einen Moment in ihren Armen. Tausend Dinge schossen ihm durch den Kopf. Sein Herz hämmerte. Grob stieß er seine Schwester von sich weg. „Was soll das? Bist du irre?", schrie er sie an.

Enya lächelte ruhig und unergründlich. „Nein. Denn jetzt hast du den Beweis, dass du mir trauen kannst."

Fassungslos schüttelte er den Kopf. „Indem du mich über eine Klippe stößt? So eine Scheiße!"

„Ich will doch nur, dass du aufhörst, mir zu misstrauen", sagte sie und verschränkte die Arme vor der Brust. „Glaubt du wirklich, ich hätte nicht mitbekommen, dass Belana dich ständig vor mir warnt?"

Aha, daher weht also der Wind, dachte Raven. Er beruhigte sich langsam.

„Ich weiß, dass sie mich nicht mag und mich für falsch hält." Enya zuckte mit den Schultern. „Keine Ahnung, warum. Vielleicht glaubt sie, dass ich dich und die anderen Deserts hintergehen oder verraten werde, sobald wir Paxtonia endlich erreicht haben. Dass ich euch ausschalten will, um das Wasser nicht mit euch teilen zu müssen. Ich kann es ja sogar ein bisschen verstehen. In dieser Welt sollte man niemandem trauen."

Raven sog die Luft hörbar ein.

„Aber ich bin deine Schwester, Raven! Ich …" Sie stockte. „Ich bin so froh, dass wir uns wiedergefunden haben und dass wir nun ein gemeinsames Ziel haben. Lass dich nicht von Belana aufhetzen. Wenn du mir jedoch nicht vertraust, wäre es vielleicht besser, wenn wir wieder getrennte Wege gehen."

Abrupt drehte sie sich um und lief zum X-Bow.

Raven zögerte einen Moment, bevor er ihr folgte und sich neben sie in den Wagen setzte.

Sie schwiegen sich eine Zeit lang an. Plötzlich spürte er ihre Hand auf seiner. Ganz leicht nur.

Raven startete den Motor und fuhr zu den anderen zurück.

„Wow, das ist einfach irre!", jubelte Zerron, als er den Bericht der beiden gehört hatte.

Auch die anderen strahlten, sogar Mysticon.

Rollercoaster ließ sich ebenfalls von der allgemeinen Euphorie anstecken. Er hechelte und sabberte und begann, um sie herumzusausen. Vergeblich versuchte er, Mysticons Wolf zum Mitmachen zu bewegen, doch Yellow blieb cool – wie immer. Er schaute zu, wie der Pitbull übermütig auf Belana zurannte, nicht rechtzeitig abbremsen konnte und sich überschlug. Rollercoaster schüttelte sich den Staub aus dem Fell und stürzte nun freudig kläffend auf Raven zu, der sich – mit Spy auf der Schulter – zur Seite drehte. Der Hund schoss an ihm vorbei.

Als Raven die Freude seiner Gefährten sah, wichen seine Zweifel, und das allgemeine Glücksgefühl übertrug sich auch auf ihn. Er genoss den Moment und glaubte wieder daran, dass sie es schaffen würden.

Mysticon verschwand für einen Moment in seiner Stretchlimousine und kehrte mit einer staubigen Flasche Schampus zurück.

„Die habe ich für einen ganz besonderen Moment aufgehoben. Einen Moment wie diesen", sagte er feierlich und ließ den Korken knallen.

Na ja, ein bisschen früh, dachte Raven. Denn noch sind wir nicht in Paxtonia. Aber er wollte die gute Stimmung nicht ruinieren und beschloss daher auch, Enyas gefährliches Spiel mit ihm an der Klippe mit keiner Silbe zu erwähnen. Schon gar nicht Belana gegenüber.

Mysticon ließ die Flasche herumgehen und jeder nahm einen Schluck.

„Wann geht es los? Jetzt gleich?", fragte Zerron.

„Nein, wir sollten hier am Fuß der Berge übernachten und erst morgen starten", schlug Raven vor. „Schließlich dämmert es bereits und im Dunkeln wird die Fahrt über den Pass zu gefährlich."

Mysticon stöhnte leise. „Wir sollten uns lieber beeilen. Jede zusätzliche Nacht und jeder zusätzliche Tag kosten uns wertvolles Wasser. Außerdem ist es doch ..."

„Und wenn wir jetzt losfahren, kann es uns das Leben kosten", würgte Raven ihn ab. „Es ist zu dunkel. Wir übernachten hier."

Seufzend fügte sich Mysticon. Er riss die Flasche an sich und zog sich mit dem kümmerlichen Rest Schampus in seine Limousine zurück. Yellow trottete hinter ihm her.

Eine Stunde später lag Raven neben seinem X-Bow auf einer Decke und schaute in den sternenübersäten Himmel. Die Milchstraße war deutlich zu erkennen. Es war angenehm kühl, eine leichte Brise strich über die kargen Berge und das einfache Lager zu ihren Füßen und ließ die Glut des niedergebrannten Feuers immer wieder aufglimmen.

Rechts von Raven stand der mächtige Trummer. Ganz leise war das Schnarchen von Big T zu hören. Enya hatte sich in ihrem Watercar ausgestreckt, Zerron ruhte neben seinem Trike, den Kopf auf eine Jacke gebettet. Von Belana war nichts zu sehen.

Ravens linke Hand strich über das Gefieder seines klugen Vogels. Er schloss die Augen und lauschte dem Murmeln des Windes.

Plötzlich hörte er ein Knirschen. Schnell öffnete er die Augen. Ein schlanker Schatten kam auf ihn zu. Belana, kein Zweifel. Sie verbarg etwas hinter ihrem Rücken. Schon glitt sie neben ihn auf die Decke und Ravens Puls beschleunigte sich. Sie drehte sich auf die Seite und schaute ihn an.

Raven lächelte. Wieder hatte er das Gefühl, dass sie es schaffen würden. Sie würden Paxtonia finden und dort glücklich sein.

„Vielleicht sind wir morgen schon da", meinte er. „Spätestens übermorgen."

Belana erwiderte sein Lächeln nicht.

Gerade, als er sie fragen wollte, ob irgendetwas nicht stimmte, sagte sie: „Warum hast du es mir nicht erzählt?"

„Was?"

Jetzt zog sie das Ding hinter ihrem Rücken hervor. Es war ein Fernglas.

„Ich habe alles beobachtet!"

Raven zuckte zusammen. „Was?", fragte er noch einmal, um Zeit zu gewinnen.

„Na, was wohl?", fuhr sie ihn an. „Enya hat versucht, dich auf dem Plateau zu töten."

Er schüttelte den Kopf. „Nein, so war das nicht. Sie hat mich ... Sie wollte ..."

„Was?", wollte diesmal Belana wissen.

„Es ... es war nur ein Spiel."

„Ein Spiel?" Sie lachte auf. „Was soll das für ein Spiel sein? Bist du wirklich so naiv, Raven?"

Er versuchte, es ihr zu erklären, jedoch ohne Erfolg. Es konnte an seiner etwas unbeholfenen Art, sich auszudrücken, liegen oder auch daran, dass Belana ihm gar nicht zuhören wollte.

„Ich kann ja mal mit einem Messer auf dich werfen und knapp danebenzielen", sagte Belana. Sie klang wütend. „Vielleicht verfehle ich dich um ein Haar. Aber vielleicht auch nicht. Nein, das da oben war kein Spiel, Raven. Das war ..." Sie suchte nach Worten. „Oder doch. Es war ein Spiel – mit deinem Leben. Und das hätte schiefgehen können!"

Raven schluckte.

„Und du erzählst es mir nicht einmal. Oder Zerron oder wem auch immer", fuhr sie enttäuscht fort. „Ich kann nicht verstehen, dass du immer noch zu deiner Schwester stehst und sie beschützt, indem du verschweigst, was sie da oben getan hat. Okay, für dich in deiner Blindheit ist es ein Spiel, aber für mich nicht. Und ich möchte nicht die Nächste sein, mit dem sie diese kranken Spielchen spielt, Raven. Ich glaube auch nicht, dass das einer der anderen will. Wir müssen uns von ihr trennen, bevor es zu spät ist. Bevor sie einen von uns tötet."

„Belana, du übertreibst. Sie ist meine Schwester. Ich muss … ich will ihr vertrauen."

„Du bist ein Idiot", sagte sie und stand auf.

Er versuchte, sie zurückzuhalten, doch sie schüttelte seine Hand ab wie eine lästige Fliege. Dann ging sie zu ihrer Motocross-Maschine.

Raven blieb allein zurück. Er war verunsichert. Hatte Belana recht? Oder hatte sie durch ihr Misstrauen und ihre Abneigung Enya gegenüber jedes Maß verloren?

Am liebsten hätte er sich mit Zerron beraten, seinem besten Freund. Doch das ließ Raven lieber. Zum einen mochte Zerron Enya sehr und würde sich garantiert auf ihre Seite schlagen. Zum anderen wollte Raven jede Unruhe in der Gruppe vermeiden, indem er den Vorfall auf dem Plateau für sich behielt. Er hatte bereits mit Mysticon einen im Team, der dieses immer wieder zu spalten drohte. Es war ein Glück, dass Belana den anderen nicht erzählt hatte, was sie durch das Fernglas beobachtet hatte.

Raven seufzte und versuchte, die düsteren Gedanken zu verdrängen, indem er nach vorn schaute. Wenn sie am nächsten Tag gut vorankamen, könnten sie Paxtonia schon bald erreichen. Sogar sehr bald. Und dann waren all dieses Misstrauen und dieser Streit garantiert vergessen.

Gedankenverloren zog er das Foto hervor. Seinen kleinen Schatz. Es war viel zu dunkel, um etwas auf dem Bild zu erkennen, aber das spielte keine Rolle. Raven hatte dieses Foto so oft angeschaut, dass jedes noch so kleine Detail vor seinem geistigen Auge auftauchte: sein Vater Jordan, seine Zwillingsschwester Enya und er selbst, beide noch als kleine Kinder.

Lebte sein Vater noch? Und wenn ja, würde er ihn finden, womöglich in Paxtonia? Paxtonia ... wenn sie das Land des Wassers erreichten, könnte er seine Freunde aus Blackpool nachholen.

Wie mochte es Hank, der in dem dreckigen Bunker das Kommando hatte, und den anderen wohl gehen? Reichten die Vorräte? Lebten sie überhaupt noch oder hatten die Sledgehammer sie erwischt und alle getötet?

Raven versuchte, diese Sorge auszublenden. Er brauchte unbedingt Schlaf. Er schloss die Augen und irgendwann nickte er tatsächlich ein ... doch mit leisem Flügelschlag flog der böse Traum heran, der ihn schon so oft heimgesucht hatte:

Raven sah sich als kleinen Jungen im düsteren Meer – zitternd und halb tot vor Kälte und Angst. Ein Spielball der Wellen, die ihn herumwarfen, wie sie wollten, und die schäumend über ihm brachen, auf ihn einschlugen und ihn niederdrückten. Die ihn hinabzogen zum Meeresgrund, wieder hochwirbelten und ausspuckten in die Welt der Lebenden. Aber das war nur – im wahrsten Sinne des Wortes – eine kurze Atempause, bevor das schier endlose grausame Spiel mit dem kleinen Körper aufs Neue begann ...

DAS HIMMELFAHRTSKOMMANDO

Hank saß in seinem Rollstuhl, den Flammenwerfer auf den toten Beinen. Über ihm brannte eine einsame Glühbirne, die ihr Licht auf die grauen, von Schimmel überzogenen Wände des Bunkers warf. Die Luft war zum Schneiden. Verbraucht, abgestanden.

Auf Bänken lagen fünf andere Deserts, kaum mehr als Schatten. Drei weitere seiner Gefährten lungerten auf dem schmutzigen Boden herum, auch sie hatten ihre Waffen griffbereit. Niemand sagte auch nur ein Wort, und wenn Hank nicht gewusst hätte, dass noch ein wenig Leben in den ausgemergelten Gestalten steckte, hätte er sie für Gespenster gehalten.

Seit vielen Tagen vegetierten sie hier unten vor sich hin. Hank war froh, dass er als einer der wenigen Deserts eine Uhr besaß. So wusste er wenigstens, welche Tageszeit herrschte und wie lange sie schon im Bunker waren.

Er lächelte schwach. Tageszeit … Unter der Erde, in dieser ewigen Dunkelheit, glich eine Stunde der anderen. Tageszeiten gab es nur da draußen, in der zerstörten Stadt mit ihrem Revier, das nun von den Sledgehammern mit ihrem Anführer Snake besetzt worden war.

Sie hatten Glück, dass ihre Feinde sie bisher nicht entdeckt hatten. Vielleicht glaubten sie, dass auch Hank und die anderen hatten fliehen können. Oder dass sie tot waren.

Hank rieb sein mit Bartstoppeln übersätes Kinn. Tot?

Er kicherte etwas irre. Viel fehlte ja nicht mehr … Denn bald würden ihnen die ohnehin schon streng rationierten Vorräte endgültig ausgehen. Schon sehr bald sogar. Dann würden sie hier ganz langsam verrecken.

Nein! So durfte er nicht denken. Er schon gar nicht. Denn er war mit Abstand der Älteste, er hatte hier das Kommando. Wenn er sich gehen ließ und aufgab, würden es die anderen vermutlich auch tun. Dieses tatenlose Warten, dieses ewige, unwürdige Versteckspiel verbunden mit der Angst vor den Sledgehammern, die miese Ernährung, die aus Trockenfrüchten, Knäckebrot und Konserven bestand, die grenzenlose Langeweile ... Die Deserts waren lethargisch geworden, ausgelaugt, sie waren mit ihren Kräften und ihren Nerven am Ende.

Hanks einzige Hoffnung ruhte auf Raven, Belana, Zerron, Big T und Dippy.

Hank wünschte sich so sehr, dass seine Freunde noch am Leben waren und dass sie es bis nach Paxtonia geschafft hatten.

Und dann? Würde Raven wirklich das Risiko eingehen und hierher zurückkehren, um seine Freunde nachzuholen? Oder würde er einfach im Paradies bleiben und seine Freunde vergessen?

Hank knirschte mit den Zähnen. Nein, nein, nein! Schon wieder so ein verdammter negativer Gedanke. Schluss damit! Raven würde alles tun, um sie hier rauszuholen. Das wusste er.

Wieder lachte er etwas irre. Dann blickte er auf seine Armbanduhr, deren Glas einen hässlichen Sprung hatte.

Wo blieb Paul? Er war schon ziemlich lange weg. Zu lange eigentlich. Hank hatte ihn bereits vor einer halben Stunde losgeschickt, um die Vorräte zu zählen. Er hatte eine genaue Liste verlangt, um zu errechnen, wie lange sie hier noch durchhalten würden. Gut möglich, dass er die Rationen weiter verknappen müsste. Das würde eine Menge Ärger geben, das war klar.

Endlich kam Paul angelaufen, mit einem Bleistiftstummel und einem fleckigen Stück Papier in der Hand.

Sofort richteten sich alle Gespenster auf und schauten zu ihm.

„Und?“, fragte Hank.

Paul sagte nichts, sondern gab Hank die Liste. Mit gerunzelter Stirn warf Hank einen Blick darauf. Das ist ja noch schlimmer als befürchtet, dachte er. Das konnte doch nicht stimmen!

„Bist du dir sicher?“, fragte Hank.

„Ja, klar, meinst du, ich bin zu blöd zum Zählen?“, erwiderte Paul gereizt. „Dann schau selbst nach.“

Hank überflog Pauls Aufzählung erneut. Wenn der sich nicht geirrt hatte, würde das bedeuten, dass jemand etwas gestohlen hatte ... Nicht viel, aber immerhin. Einer von ihnen hatte sich offenbar mit knurrendem Magen ins Lager geschlichen und sich etwas genommen. Unfassbar ... Der oder die hatte sich den Bauch vollgeschlagen, während die anderen hungerten.

Doch was sollte er jetzt tun? Er hatte keine Ahnung, wer der Dieb war. Wenn er jetzt Alarm schlug, würde vermutlich jeder jeden verdächtigen und die ohnehin schon schlechte Stimmung noch weiter kippen. Zudem war wirklich nur wenig geklaut worden. Nein, entschied Hank, solange er keine eindeutigen Beweise hatte, würde er den Diebstahl nicht erwähnen.

Aber er musste trotzdem etwas unternehmen. Schließlich war die Versorgungslage auch unabhängig davon mehr als besorgniserregend.

„Trommel die anderen zusammen“, ordnete Hank an und Paul lief sofort los.

Zehn Minuten später waren sie komplett. Nun drängten sich etwa dreißig Leute in dem Raum und die Luft wurde noch schlechter.

Hank blickte in die schmutzigen, schmalen und traurigen Gesichter. Einer von euch ist ein verdammter Dieb, dachte er, blieb aber bei seinem Kurs, das nicht zu thematisieren.

„Zuerst die gute Nachricht", begann Hank. „Wir haben noch Wasser für etwa zwei Wochen."

Allgemeines Kopfnicken.

„Und die schlechte?", fragte jemand.

Hank ließ eine Hand über die Speichen des linken Rades am Rollstuhl streichen.

„Das Essen wird knapp. Wir haben noch zwei Tage. Mehr nicht ...", sagte er langsam.

„Was? So wenig?" Nora sah ihn entsetzt an. Sie war gerade einmal vierzehn Jahre alt.

Hank nickte. „So sieht es leider aus."

„Irgendwelche Nachrichten von Raven und den anderen?", fragte Bob, der nach der Schlacht mit den Sledgehammern das linke Bein nachzog.

Hank seufzte. „Natürlich nicht", erwiderte er. „Sonst hätte ich euch doch längst informiert."

„Und jetzt ... was sollen wir bloß tun?", fragte Nora und breitete die Arme aus. Tränen standen in ihren Augen.

Bevor Hank etwas sagen konnte, begann Leon, ein bulliger Typ mit Bürstenhaarschnitt, mit der Faust an die Wand zu schlagen. „Und jetzt?", äffte er Nora nach. „Na, was wohl? Wenn Raven nicht bald kommt, werden wir hier unten verrecken. Das ist doch ..."

„Red keinen Scheiß, das werden wir nicht“, würgte Hank ihn grob ab. „Und lass die Wand stehen. Oder willst du, dass dein dämliches Klopfen die Sledgehammer herlockt?“

Leons Faust schwebte dicht vor der kahlen Wand. Dann vergrub der Junge beide Hände in den Hosentaschen. „Was hast du vor?“, fragte er.

„Es gibt zwei Möglichkeiten“, antwortete Hank. „Nummer eins: Wir kürzen die Rationen noch weiter. So stark, dass wir vielleicht noch vier Tage durchhalten. Das verschafft uns ein wenig Zeit.“

„Na toll!“ Bob lachte. „Und wenn Raven in dieser Zeit nicht zurückkommt?“

„Berechtigter Einwand“, gab Hank zu. „Es gibt aber noch die zweite Möglichkeit ...“

„Und die wäre?“

„Zwei von uns schlagen sich zum Viertel der Händler durch und besorgen frische Lebensmittel“, sagte Hank leise – wohl wissend, dass er als Rollstuhlfahrer dafür nicht infrage kam.

Ein anderes Mädchen namens Eve lachte hysterisch und tippte sich an die Stirn. „Da draußen lauern garantiert überall Wachen der Sledgehammer. Das ist ein absolutes Himmelfahrtskommando.“

Hank nickte. „Ja, das ist nicht ungefährlich und erfordert Mut. Wir brauchen Freiwillige. Meldet sich niemand, muss das Los entscheiden. Oder aber wir kürzen die Rationen und hoffen, dass wir Hilfe bekommen.“

Es begann eine wilde Diskussion. Alle – bis auf Hank – redeten durcheinander.

Voller Sorge schaute Hank von einem zum anderen. Sie waren alle noch so jung. Und bis vor Kurzem waren sie auch noch voller Kraft und Zuversicht gewesen. Bis die Sledgehammer sie überfallen und alles kaputt gemacht hatten. Hank ballte die schmalen Fäuste.

Nach fünf Minuten legte sich der Lärm und Hank ließ abstimmen. Eine deutliche Mehrheit war dafür, neue Lebensmittel heranzuschaffen. Aber es gab keine Freiwilligen.

„Dann muss das Los entscheiden", kündigte Hank düster an.

Mit Pauls Bleistiftstummel schrieb er alle Namen – bis auf den eigenen – auf kleine Zettel, warf sie in eine leere Konservendose und mischte sie. Dann zog er zwei Zettel heraus.

Bevor er die Namen der Kandidaten vorlas, blickte er noch einmal in die angespannten bleichen Gesichter.

„Ticker und Mia", sagte er ruhig.

Sofort gab es wieder jede Menge Gemurmel. Mia wirkte gefasst und ruhig, Ticker war das genaue Gegenteil. Aus seinen Augen schrie Panik.

Hank ahnte, dass Mia eine gute Wahl war. Sie war ziemlich clever, eine hervorragende Sammlerin und Jägerin. Raven hatte ihr ein paar Tricks gezeigt. Außerdem wusste Mia sich zu wehren. Sie konnte Karate.

Ja, auf Mia wäre bestimmt Verlass.

Das galt jedoch nicht für Ticker, jedenfalls nicht für diesen gefährlichen Job. Der Junge, dessen richtigen Namen niemand kannte, war sprunghaft und immer sehr nervös. Aber nun gab es kein Zurück mehr.

Hank stellte die Dose beiseite und meinte: „Ihr nehmt jeder einen Rucksack mit und schafft so viel ran, wie es nur geht."

„Womit sollen wir das bezahlen?", fragte Mia.

Hank rieb erneut sein Kinn. Bezahlen? In Blackpool war es üblich zu tauschen. Früher, vor der Attacke von Snake und seinen Sledgehammern, hatten sie ihr kostbares Wasser gegen Nahrungsmittel eingetauscht. Doch diese Quelle war buchstäblich versiegt. Der Silver Lake war in der Hand der Sledgehammer.

„Ihr habt keine Wahl: Ihr müsst die Sachen stehlen", sagte Hank.

Mia nickte, aber Ticker wurde noch nervöser.

Kein Wunder, dachte Hank. Die Händler bewachen ihre Schätze gründlich. Und sie sind alle bis an die Zähne bewaffnet.

Es war kurz nach Mitternacht, als sich Mia und Ticker mit Rucksäcken und Brecheisen durch einen Lüftungsschacht des Bunkers nach draußen quetschten. Mia sog gierig die Luft in ihre Lungen und peilte dabei die Lage. Lauerte hier irgendwo einer der Feinde?

Unter der Sichel des bleichen Halbmondes breitete sich eine Trümmerlandschaft aus – ein vertrautes Bild. Mia kannte wie die meisten der Deserts nichts anderes. Das hier war ihre Heimat. Die zerstörten Häuser, die mit Schutt übersäten Straßen und die ausgebrannten Autowracks mochten ein trostloser Anblick sein, doch für Mia und Ticker boten sie jetzt willkommenen Schutz.

Kein Sledgehammer weit und breit.

Mia atmete auf. „Komm", wisperte sie und übernahm die Führung.

Geduckt liefen sie in Richtung Süden, wo das Viertel der Händler lag. Sie huschten zu einem der kaputten Autos, schauten kurz in alle Richtungen und tauchten in den Schatten eines schon vor langer Zeit geplünderten Supermarktes ein, dessen Rolltor am Eingang aufgehebelt worden war.

„Wir laufen durch den Supermarkt und verlassen ihn durch den Hinterausgang. Das ist eine Abkürzung. Außerdem glaube ich nicht, dass die Sledgehammer einen leeren Supermarkt bewachen", sagte sie leise zu Ticker, der nur nickte.

Er schien froh zu sein, dass sie die Führung übernahm.

Sie schlüpften durch das Tor und befanden sich nun in einer großen Halle. Durch das kaputte Dach fiel das Mondlicht auf die leeren Regale und die zertrümmerten Kassen. Überall lagen Glas- und Plastiksplitter herum.

Mia ging weiter. Sie wusste von früheren Besuchen genau, wo der Hinterausgang lag. Als sie an einem länglichen Ding vorbeikamen, das früher mal eine Kühltheke gewesen sein mochte, war ein raues Lachen zu hören. Mias Blut gefror. Blitzschnell zog sie Ticker zu Boden. Nun kauerten sie hinter der Theke und lauschten gebannt.

Mia registrierte, dass Tickers Atem stoßweise ging. Sie legte einen Finger auf ihre Lippen. Er nickte erneut, diesmal hektischer.

Wieder dieses Lachen, jetzt noch lauter.

Mia wagte einen Blick an der Theke vorbei und zog sich augenblicklich wieder zurück.

Das war nicht nur ein Krieger der Sledgehammer, das waren gleich zwei! Beide trugen die abgewetzten Lederjacken und die typischen furchtbaren Waffen: massive Wurfhämmer mit eingearbeiteten Eisenspitzen.

Als Mia Tickers fragenden Blick sah, formte sie stumm das Wort „Sledgehammer“ und zeigte zwei Finger.

Ticker wurde jetzt noch aufgeregter. Er begann am ganzen Körper zu zittern.

„He, hörst du das auch?“, sagte einer der Sledgehammer. „Hm, mir war gerade so, als ob da jemand wäre. Das kam von dort. Lass uns mal nachsehen.“

Mia hörte etwas knirschen. Vermutlich Glassplitter unter den schweren Stiefeln. Das Geräusch wurde immer lauter. Die beiden Männer kamen auf ihr Versteck zu. Sie und Ticker machten sich so klein wie möglich.

Plötzlich ragte ein riesenhafter Schatten vor ihr auf.

„Na, wen haben wir denn da?“, rief der Krieger.

Mia trat zu und erwischte den Sledgehammer mit der Fußspitze genau unter der Kniescheibe. Der Mann schrie auf und schlug im selben Moment zu. In letzter Sekunde drehte sich Mia zur Seite und der Wurfhammer donnerte in die Glasplatte, die einst die Abdeckung der Kühltruhe gewesen war. Splitter schossen in alle Richtungen. Einer bohrte sich in Mias Schulter und sie spürte, wie etwas warm ihren Arm herunterlief.

Als sich der Sledgehammer nach vorn beugte, um die schwere Waffe aus den Trümmern zu reißen, schlug Mia erneut zu – diesmal war es ein gut platzierter Handkantenschlag, der den großen Mann ins Reich der Träume schickte.

Doch da war noch der zweite Krieger, der seinen Hammer auf

sie schleuderte. Mia sah das todbringende Geschoss auf sich zuwirbeln und zog gerade noch den Kopf ein. Der Hammer prallte gegen die Strebe eines Regals, wurde abgelenkt und traf Ticker mit Wucht am Schienbein. Der Junge schrie auf und brach zusammen.

Mit einem Lächeln kam der zweite Krieger auf Mia und Ticker zu und zog ein Messer unter seiner Lederjacke hervor.

Ticker schrie und hielt sich das verletzte Bein.

Mia war klar, dass er ihr keine Hilfe sein würde. Ticker würde sich töten lassen wie ein Lamm. Kurzerhand packte sie den Wurfhammer, der immer noch in der Truhe steckte und wuchtete ihn hoch.

„Ach komm, Kleine, mach dich nicht lächerlich. Das ist eine Waffe für Männer, nicht für dumme Mädchen!" Der Sledgehammer lachte.

„Ja, glaubst du?", keuchte Mia und ließ die Waffe auf den Fuß des Mannes krachen. Etwas splitterte und Mia vermutete, dass es ein Knochen gewesen war.

Der Krieger schrie gellend auf und wich zurück. Mia setzte nach und rammte ihm den Stiel des Hammers unters Kinn. Bewusstlos sackte der Sledgehammer zu Boden.

„Das war ... fantastisch", stammelte Ticker. „Ich hätte dir ja geholfen, aber ..." Er deutete auf sein Bein.

„Schon klar", sagte Mia. „Kannst du laufen? Wir müssen hier schnell weg. Wer weiß, ob noch mehr von den Typen in der Nähe sind."

„Ich fürchte, ich kann nicht gehen", erwiderte Ticker. „Ich glaube, es ist etwas gebrochen."

Im schwachen Licht untersuchte Mia sein Bein. „Quatsch, ist es nicht. Aber du hast eine schwere Prellung, glaube ich", sagte sie und zog ihn hoch. „Steh auf, los!"

Ticker schaffte es und humpelte testweise ein paar Meter.

„Gut", lobte Mia ihn. „Wir werden uns jetzt trennen. Ich laufe allein zu den Händlern. Wir brauchen die Lebensmittel!" Sie nahm seinen Rucksack. „Schaffst du es ohne mich zurück in den Bunker?"

Er lächelte. „Das muss ich wohl."

„Stimmt. Viel Glück", sagte sie nur und lief los.

Eine Viertelstunde später hatte sie das Viertel der Händler erreicht. Von hinten schlich sich Mia an das Lager eines Händlers heran, von dem sie wusste, dass er sich auf haltbare Dinge wie Konserven und Trockenobst spezialisiert hatte. Sie zog das Brecheisen aus dem Rucksack und schob es in den Spalt zwischen Rahmen und Tür. Das Schloss leistete zum Glück nur wenig Widerstand, aber es krachte ziemlich. Mia lauschte mit klopfendem Herzen in die Nacht. Als sich nichts rührte, drang sie in das Lager ein.

In dieser Sekunde schoss etwas aus dem Dunkeln auf sie zu – es war ein großer knurrender Hund, von dessen Lefzen Speichel tropfte …

DIE FALLE

Gerade war die Sonne aufgegangen, und nach dem – wie immer – kargen Frühstück gab Raven das Zeichen zum Aufbruch.

Sie tankten bei Big T voll, dann gab es ein wahres Konzert der Motoren mit ganz unterschiedlichen Stimmen: das tiefe Dröhnen des gewaltigen Dieselmotors von Big Ts Trummer, das Knattern von Zerrons Trike, das helle Kreischen von Belanas Crossmaschine und das sonore Blubbern des Achtzylinders von Mysticons Limousine sowie das unternehmungslustige Brüllen von Ravens X-Bow. Nur Enyas Watercar, ein Vierzylinder, klang irgendwie normal und damit schon fast ein wenig langweilig. Das Schrappen der Rotoren von Dippys Hubschrauber fehlte jedoch in diesem Konzert.

Raven richtete den Blick nach oben zum Pass und atmete tief durch. Dann gab er Gas und die kleine Karawane setzte sich in Bewegung.

Direkt hinter ihm fuhr Enya, dann folgten Zerron, Belana, Big T und schließlich Mysticon. Da die serpentinenförmige Piste ausgesprochen steil und schmal war, kamen sie nur sehr langsam voran. Vor allem Big T im Trummer hatte Mühe. In einer der Haarnadelkurven blieb er stecken und begann hin und her zu rangieren.

Raven hatte wie die anderen angehalten und half Big T mit Handzeichen und durch Rufe, das Monstrum um die Ecke zu manövrieren.

Ein Glück, dachte Raven, dass Big T ein so hervorragender Fahrer ist. Denn links vom Trummer war eine schroffe Felswand, rechts ein Abgrund.

Raven schätzte, dass es dort mindestens zweihundert Meter nach unten ging. Als sich das schwere Fahrzeug mit seiner wertvollen Fracht der Kante gefährlich näherte, stockte ihm der Atem. Unter den walzenförmigen Reifen des Trummers löste sich Geröll und prasselte in die Tiefe.

„Mann, ist das knapp, pass bloß auf!“, rief Zerron.

„Nicht nervös werden“, erwiderte Big T und lachte. „Ich habe alles im Griff.“

Jetzt erst sah Raven, dass der Pitbull auf Big Ts Schoß saß. Hechelnd spähte er durch die runtergelassene Seitenscheibe, die coole Sonnenbrille auf der Nase.

„Mit einem solchen Beifahrer kann ja nichts schiefgehen!“ Raven lächelte Belana an, die neben ihm stand. Sie lächelte ebenfalls. Dann drückte sie ihm einen flüchtigen Kuss auf die Wange.

Hatte sie ihm etwa verziehen, dass er ihr und den anderen nichts von Enyas Attacke auf dem Plateau gesagt hatte? „Hast du deine Meinung in Bezug auf Enya geändert?“, fragte Raven.

„Nein“, sagte Belana. „Ich glaube nicht, dass ich Enya jemals trauen werde. Und ich halte es für einen Fehler, dass du es tust. Andererseits kann ich dich verstehen. Schließlich ist sie deine Schwester. Ich will aber auch nicht, dass sie zwischen uns steht und ... alles kaputt macht oder dass sie dich zwingt, dich zu entscheiden, auf wessen Seite du stehst.“

Raven nickte langsam.

„Los jetzt, neuer Versuch!“, brüllte Big T in diesem Moment.

Raven beobachtete, wie der Trummer die scharfe Kurve endgültig nahm, wobei er mit dem linken hinteren Kotflügel am Fels entlangschrammte, was dem dort ohnehin schon stark ramponierten Lack noch eine hässliche Narbe hinzufügte.

Jetzt hupte Big T, was so ähnlich klang wie das Nebelhorn eines Tankers.

Raven, Enya, Zerron und Belana beeilten sich, zu ihren Fahrzeugen zu kommen. Weiter ging es, und nach einigen Kurven erkannte Raven, dass sie gleich das Plateau erreichen würden.

Als er um die nächste Ecke bog, überfiel ihn jedoch eisiges Entsetzen. Denn dort war eine Barriere aus Geröll errichtet worden! Und dahinter lauerten Typen in Lederjacken, die auf Motorrädern mit Beiwagen hockten und massive Wurfhämmer schwangen: die Sledgehammer!

Das konnte nicht wahr sein! Raven trat auf die Bremse und der X-Bow hielt an. Seine Gedanken überschlugen sich. Er hatte so gehofft, diese Mistkerle abgehängt zu haben. Doch für einen kurzen Moment war er sogar froh, dass es sich um die Sledgehammer handelte und nicht um Enyas Krieger, die Waters, wie Belana vermutet hatte.

Aber diese Erkenntnis nützte ihm und den anderen jetzt wenig. Sie mussten diese Barriere durchbrechen. Denn umdrehen war unmöglich – oder?

Raven warf einen kurzen Blick über die Schulter. Richtig, das war völlig ausgeschlossen. Zum einen war die Piste viel zu schmal, als dass der Trummer hätte wenden können, zum anderen tauchten hinter ihrem Konvoi weitere Krieger auf. Sie saßen in der Falle!

Auch die anderen Deserts und Enya waren stehen geblieben. Mysticon hing schon hinter seinem Geschütz und schoss auf die Feinde, die von hinten angriffen. Dumpf hallten die Schüsse.

Es gibt also tatsächlich nur einen Weg, dachte Raven. Über die Barriere.

„Dann wollen wir mal", sagte er entschlossen zu Spy.

Raven riss den Spezialbogen hervor, sprang aus dem Wagen und legte einen Pfeil ein, der mit einer hochexplosiven Kapsel versehen war. Er zielte sorgfältig und schoss. Der Pfeil bohrte sich in das Hindernis, und die Ladung ging hoch. Es gab eine regelrechte Fontäne aus Staub, Dreck und winzigen Steinen. Einige trafen die Sledgehammer, die vor Schmerz und Wut aufschrien, andere prasselten gegen die Maschinen der feindlichen Krieger – und genau das war für sie, die ihre Motorräder über alles liebten, das Schlimmste.

Raven lächelte. In der Barriere klaffte ein großes Loch – groß genug, dass sogar der Trummer hindurchpasste.

„Vollgas!", brüllte er.

Er klemmte sich wieder hinter das Steuer und ließ den Motor aufheulen. Der X-Bow bäumte sich auf, die Vorderräder verloren die Bodenhaftung. Der Wagen raste auf den hinteren Breitreifen los.

Raven fuhr auf das Loch zu. Rechts und links davon lauerten die feindlichen Krieger. Einer von ihnen – es war der Anführer Snake – sprang auf die Barriere und schwang beidhändig seine monströse Waffe. Raven ahnte, was passieren würde, aber es gab kein Zurück. Jetzt war er vielleicht noch zwanzig Meter von dem Hindernis entfernt.

Der Wurfhammer verließ Snakes Hände und wirbelte auf den X-Bow zu. Der Einschlag kam mit fürchterlicher Wucht und ließ den Wagen erzittern. Doch Raven hatte Glück, weil die Waffe nicht die Frontscheibe, sondern den stabilen Holm getroffen hatte und seitlich wegflog, ohne größeren Schaden anzurichten.

„Yes!“, brüllte er und drückte einen Knopf. Aus jeder Felge wuchsen zwölf Messer mit einer Klingenlänge von je fünfzig Zentimetern.

Raven sauste auf das Loch zu und sah, wie die feindlichen Krieger zur Seite sprangen.

Der X-Bow jagte durch den Spalt, Raven lenkte nach rechts und links und erwischte einige der Motorräder, deren Reifen er mit den Klingen zerfetzte – es klang wie eine Popcorn-Maschine. Jetzt rammte Raven auch noch ein Motorrad in den Abgrund. Als Revanche donnerte ein Wurfhammer gegen die Karosse und schüttelte sie durch. Aber der Wagen war stabil gebaut.

Im Rückspiegel sah Raven, wie Enya und Zerron ebenfalls durch die Barriere fuhren. Neben Zerron war Belana, die gerade den Lenker hochriss und über das Hindernis sprang wie eine Hürdenläuferin.

Nun walzte Big T im Trummer durch den Engpass, eingedeckt vom Wurfhagel der feindlichen Krieger. Doch ihre Waffen konnten dem schweren Wagen nichts anhaben. Zum Schluss kam Mysticon, dessen qualmendes Geschütz jetzt schwieg, weil er die Hände zur Abwechslung am Lenkrad hatte.

Die Sledgehammer haben nur eine Chance, wenn sie den Konvoi stoppen wollen, dachte Raven.

Also mussten er und seine Gefährten weiter, immer weiter über diese Piste! Rechts von ihnen gähnte der Abgrund, links war die Felswand.

Er trieb den X-Bow durch die nächste Kurve, die so scharf war, dass er hart abbremsen musste.

Klong! Etwas schlug von oben auf den X-Bow. Zunächst vermutete Raven, dass es ein Stein war, der sich vom Hang gelöst hatte, doch als der Hammer durchs Dach krachte und seinen Kopf nur knapp verfehlte, war ihm klar, dass einer der Feinde auf seinen X-Bow gesprungen war. Spy schlug wie wild mit den Flügeln und krähte.

Raven gab ruckartig Gas, der Sledgehammer verlor den Halt und flog vom Dach.

Mit einem Blick zur Seite stellte Raven fest, dass weitere Feinde von einer Felsnase sprangen und den Trummer enterten, der gerade um die Ecke kroch.

„Mist!", zischte Raven. Musste er doch anhalten, um Big T zu helfen?

Er wurde noch langsamer und beobachtete im Rückspiegel, wie die Feinde auf den Trummer einschlugen, als würden sie Korn dreschen. Jetzt jagte Belana heran. Mit einer Hand hielt sie den Lenker, mit der anderen schleuderte sie ihre Messer. Eines bohrte sich in den Unterschenkel eines Sledgehammers, der schreiend vom Trummer fiel. Das nächste erwischte einen der Krieger im Oberarm, das dritte zerfetzte die Lederjacke eines Feindes. Einer der unversehrten Männer warf jetzt seinen Hammer und Raven erkannte, dass es ein verdammt guter Wurf war.

Mit offenem Mund sah er, wie das schwere Ding auf seine Freundin zuflog. Verzweifelt riss Belana den Lenker hoch, doch sie konnte nicht verhindern, dass der Hammer die Gabel traf. Der Lenker wurde ihr aus der Hand gerissen, das Vorderrad stellte sich quer und Belana wurde aus dem Sattel geschleudert. Unsanft landete sie auf der harten Piste.

Raven stoppte, sprang aus dem X-Bow, riss den Bogen hoch. Ein Feind sprang von der Felsnase auf ihn und drückte ihn mit einem Grunzen in den Staub. Raven schlug blindlings nach hinten und erwischte den Krieger eher zufällig an der Schläfe. Wieder ein Grunzen und der Mann rutschte von ihm weg. Raven kam hoch und sah, wie sich zwei Feinde Belana näherten, die sich gerade mühsam aufrappeln wollte.

Raven schoss in rascher Folge, und die beiden Sledgehammer sackten zu Boden.

Belana humpelte zu ihrer Maschine. „Alles klar, weiter!“, schrie sie und kletterte auf das Bike.

Wow, Belana ist wirklich hart im Nehmen, dachte Raven.

Viel Zeit für Bewunderung blieb ihm jedoch nicht. Die Krähe krächzte warnend und Raven drehte sich um. Zwei weitere Feinde stürmten auf ihn zu und er hatte keine Zeit mehr, neue Pfeile einzulegen.

Aber der Bogen aus Carbon eignete sich notfalls auch als Schlagwaffe. Raven ging in die Hocke, ließ die Typen herankommen und schlug auf Kniehöhe zu – er fällte die beiden Kerle wie dürre Bäume, die von einer scharfen Axt getroffen worden waren. Bis die Sledgehammer wieder auf den Beinen waren, saß Raven samt Spy bereits im X-Bow.

Die Motoren brüllten, die Jagd ging weiter. Die nächste Kurve kam und die Krieger verschwanden aus Ravens Blickfeld.

Nun lag eine längere Gerade vor ihnen. Sehr gut, dachte Raven, denn jetzt würden die Sledgehammer erst recht keine Chance haben, sie zu stoppen.

Die waren sicher nicht nur auf das Wasser und den Proviant scharf, überlegte er, während er den nächsten Gang reinschnippte. Bestimmt wollten sich die Kerle die Kartenteile unter den Nagel reißen. Sein Gefühl hatte sich also bestätigt. Die Hammer waren seit Blackpool hinter ihnen her gewesen.

Aber woher wussten sie, was Raven und seine Leute vorhatten?, fragte er sich erneut. Es musste einen Verräter in ihren Reihen geben.

Mysticon? Spielte er ein doppeltes Spiel? Aber es war ebendieser Mysticon, der gerade aus allen Rohren auf die Hammer schoss. Oder war das etwa nur Fassade?

Raven trieb den X-Bow gnadenlos voran, durfte allerdings nicht zu stark beschleunigen – denn sonst würde er den Kontakt zu den anderen verlieren.

Jetzt fuhr er an einem Steinhaufen vorbei. Erst im letzten Moment erkannte er, dass dieser Haufen von Menschenhand errichtet worden war. Genauer: von den Sledgehammern.

Vier feindliche Krieger hockten in einem Schutzwall aus Geröll hinter einem schweren Geschütz: einem riesigen Katapult, das mit vier zusammengebundenen Wurfhämmern bestückt war, aus denen Eisennägel herausragten.

Ravens Mund wurde trocken. Dieses Geschoss würde den X-Bow samt ihm und Spy vermutlich pulverisieren. Doch er hatte keine Chance – ausweichen konnte er nicht mehr.

Genau in dem Moment, als er mit dem vernichtenden Einschlag

auf seiner Fahrerseite rechnete, bemerkte er, dass das Geschütz zur Seite geschwenkt wurde und auf etwas hinter ihm zielte.

Verzweifelt bremste Raven und zog erneut seine Präzisionswaffe hervor, um die Sledgehammer am Geschütz auszuschalten. Es waren vier Typen! Schon hatte er den ersten erwischt, aber es nützte nichts. Bevor Raven den nächsten Pfeil ins Ziel bringen konnte, wurde das Katapult abgefeuert.

Raven hörte sich selbst schreien, während er die Flugbahn der vier Hämmer verfolgte, die dicht über die Köpfe von Enya, Belana und Zerron hinwegsausten und sich dann mit entsetzlicher Wucht in die Führerkabine des Trummers bohrten.

Metall barst, Scheiben platzten – es war, als wäre der Trummer von der Faust eines Riesen getroffen worden.

Unter dem Johlen der Sledgehammer kam das schwer demolierte Fahrzeug von der Piste ab, schrappte gegen die Felswand auf der linken Seite und taumelte dann wie ein schwer lädierter Boxer auf den gegenüberliegenden Steilhang zu. Die Gegner legten die nächsten vier zusammengebundenen Hämmer in das Katapult und drehten an einer Kurbel, um die Waffe zu spannen.

Tränen schossen Raven in die Augen, als er mit ansehen musste, wie der Trummer in die Tiefe stürzte. Der Wagen überschlug sich in einer Staubwolke. Dann folgte eine gewaltige Explosion. Eine Feuersäule stieg in den Himmel, gefolgt von weiteren Explosionen und Lichtblitzen, als die Benzinfässer in die Luft flogen und den Trummer zerfetzten.

Die Welt schien stillzustehen.

DURST

Raven war wie erstarrt. Sein Magen krampfte sich zusammen, sein Herzschlag dröhnte in seinen Ohren. Wie Blei legte sich die Trauer auf seine Schultern und er weinte. Durch den Schleier sah er den Rauch, das Feuer ...

Big T war tot. Und diese Gewissheit sorgte dafür, dass Raven nicht nur Trauer empfand, sondern auch Hass. Er wollte nur noch eins: Rache. Rache für seinen Freund. Und für Rollercoaster.

Raven reagierte schon fast automatisch. Pfeil aus dem Köcher, rein in die Sehne, zielen, feuern. Wieder und wieder, wieder und wieder, in schneller, präziser Folge. Dieses Katapult würde nie mehr abgefeuert werden, jedenfalls nicht von einem Sledgehammer.

Auch Enya und Mysticon feuerten, was ihre Waffen hergaben, und trieben die nachfolgenden Feinde in die Flucht. Viele der Motorräder waren beschädigt oder sogar völlig zerstört.

Zerron und Belana, beide mit Nahkampfwaffen ausgerüstet, setzten den Männern nach, doch Raven rief sie zurück.

Er saß inzwischen hinter dem frisch gespannten Katapult und zielte erneut sorgfältig. Im Visier hatte er niemand anderen als den Anführer der Sledgehammer: Snake.

„Das ist für dich!“, murmelte Raven und drückte den Abzug.

Die vier Hämmer schossen Snake das Motorrad unter dem Hintern weg. Wie durch ein Wunder blieb der Boss der Sledgehammer nahezu unversehrt – aber sein geliebtes Bike war nur noch ein Haufen Schrott. Fluchend suchte er auf dem Motorrad eines Komplizen das Weite – wie der Rest der Meute.

Wie in Trance ging Raven zum Abhang, mit Spy auf seiner

Schulter. Seine Gefährten stellten sich neben ihn. Ganz vorsichtig, als hätten sie Angst davor, was sie dort erwartete.

Belanas Gesicht war unbeweglich, nur noch eine bleiche Maske. Ihre Stimme zitterte, als sie sagte: „Wir müssen Big T und Rollercoaster finden und sie beerdigen. Dann können wir uns wenigstens von ihnen verabschieden."

Raven schluckte. Jetzt hatten sie schon den zweiten guten Freund innerhalb kürzester Zeit verloren. Wie in einem Film schossen ihm Bilder von Big T durch den Kopf. Big T war nicht nur ein Freund gewesen. Auf ihn hatte man sich immer verlassen können: auf seine Kraft, seine Treue, seinen Mut, seine Entschlossenheit – und seine Kochkünste. Big T hatte immer einen unerschütterlichen Optimismus ausgestrahlt. Und jetzt war er weg, von einer Sekunde auf die andere. Big T war tot ...

Raven trat noch näher an den Abgrund heran, um hinunterzuschauen. In dieser Sekunde schoss eine große, blutige Hand über die Kante.

Raven und die anderen wichen zurück.

Der Hand folgte ein bulliger Schädel – und außerdem ein komplett mit Staub bedeckter Pitbull: Rollercoaster!

„Big T!", schrie Raven außer sich vor Freude.

Er ging auf die Knie und packte die Hand seines Freundes. Zerron kam ihm zu Hilfe. Gemeinsam zogen sie den schweren Körper auf die Piste. Hechelnd kam der Hund nach.

„Na ihr?", sagte Big T und lächelte.

Aus seinem Mundwinkel floss ein dünner Strom Blut. Über dem linken Auge hatte er einen tiefen Cut, der ebenfalls blutete. Aber sonst schien Big T einigermaßen unversehrt zu sein, wenn man von den unzähligen Schürfwunden und Prellungen absah, die unter seiner zerfetzten Kleidung zum Vorschein kamen.

„Das ... das gibt es doch gar nicht!“, stammelte Belana, die schon ihre Tasche mit den Arzneimitteln und dem Verbandszeug hervorgezogen hatte.

Big T setzte sich mühsam auf. „Bevor der ...“ Er musste husten und wieder floss Blut aus seinem Mund.

Belana tupfte es ihm ab und gab ihm etwas zu trinken. Dabei warf sie Raven einen sorgenvollen Blick zu.

Raven ahnte, was Belana beunruhigte. Auch wenn Big T rein äußerlich nur leicht verletzt schien, konnte er schwere innere Verletzungen haben.

„Bevor der Wagen explodiert ist, bin ich mit Rollercoaster rausgesprungen“, brachte Big T jetzt den Satz zu Ende und deutete auf seinen Hund.

Der Pitbull hockte vor dem großen Wolf und sah unternehmungslustig zu ihm hoch. Yellow senkte die Schnauze und stupste seinen kleinen Freund an. Prompt begann Rollercoaster mit dem Schwanz zu wedeln.

„Hast du irgendwelche Schmerzen im Bauch? Oder in der Lunge?“, fragte Belana.

Big T seufzte. „Nicht nur da, glaub mir. Mir tut einfach alles weh. Ich bin bestimmt fünfzig Meter diesen verdammten Hang runtergerollt.“ Er wischte sich über den Mund und sein Handrücken färbte sich rot.

„Habe wohl einen Zahn verloren. Daher das Blut“, meinte er.

„Na ja, solange es nur *ein* Zahn ist."

Belana untersuchte seinen Oberkörper.

„Hm, wirklich nur Prellungen. Es grenzt an ein Wunder, dass du diesen Mega-Crash so gut überstanden hast. Du und Rollercoaster." Sie lachte und tupfte das Blut von dem Cut.

„Na klar", erwiderte Big T. „Ich kann euch doch nicht allein nach Paxtonia fahren lassen. Irgendjemand muss schließlich auf dich und die anderen aufpassen."

Belana säuberte und verband die Wunde. Anschließend kümmerte sie sich um die größeren Schürfwunden. „Ich habe hier eine Salbe mit Ringelblume, Kokosöl und etwas Kurkuma", murmelte sie dabei. „Das hilft, weil es entzündungshemmend ist."

„Willst du etwas anderes trinken, Big T?", fragte Mysticon, der bei der Behandlung zuschaute. „Whisky oder so was? Das bringt dich garantiert schnell wieder auf die Beine."

„So'n Zeug? Bloß nicht. Das kannst du dir selbst hinter die Binde gießen, Mysticon."

„Schon gut, war ja nur ein Angebot", winkte er ab. „Und vielleicht wirst du dich bald über dieses Angebot freuen. Dann nämlich, wenn wir nichts anderes mehr zu trinken haben."

Mysticon schaute in den Abgrund. „Der Trummer ist nur noch ein ausgebranntes Knäuel Blech, unsere Wasser- und Benzinvorräte sind Geschichte. Und die Sledgehammer werden sich mit Sicherheit neu formieren, um uns den Rest zu geben. Es ist zwar schön, dass Big T lebt, aber machen wir uns nichts vor: Wir sind am Ende, Leute. Mag jetzt doch noch jemand ein Schlückchen?"

„Nein!“, rief Raven wütend. „Und rede nicht so einen Scheiß, Mysticon. Wir sind noch lange nicht am Ende.“

Mysticon runzelte die Stirn. „Oh, das ist wirklich interessant. Wie kommst du auf diese kühne Theorie?“

„Das ist keine Theorie“, erwiderte Raven. „Erstens: Wir haben bestimmt die Hälfte der Karren von den Sledgehammern zerstört oder schwer beschädigt. Selbst wenn sie es wollten, sie könnten uns gar nicht verfolgen. Jedenfalls nicht sofort. Sie müssen wenigstens einen Teil der Bikes reparieren. Daher haben wir auf jeden Fall etwas Vorsprung. Zweitens: Natürlich weiß ich, dass wir keine nennenswerten Wasser-, Essens- und Benzinvorräte mehr haben – außer dem, was jeder noch an Bord hat. Aber immerhin haben wir alle vor dem Aufbruch in die Berge vollgetankt. Daher könnten Sprit und Vorräte reichen! Dann nämlich, wenn wir alles streng rationieren.“

„Sehr optimistisch“, höhnte Mysticon.

Ravens Augen wurden schmal. „Ja, mag sein. Aber was schlägst du denn vor? Willst du umdrehen? Oder hier sitzen bleiben und Whisky trinken? Großartig, wirklich großartig.“

Mysticon schwieg.

„Also weiter, oder hat jemand Einwände?“, fragte Raven in die Runde.

„Nein, weiter!“, riefen alle bis auf Mysticon.

„Wir beide brauchen eine Mitfahrgelegenheit“, sagte Big T und nahm Rollercoaster wie ein Baby auf den Arm.

Am meisten Platz war in Mysticons Stretchlimousine, doch Big T schaute fragend zu Raven. „Okay?“

„Klar, wir können es zumindest versuchen“, sagte Raven.

Zwei Minuten später hockte er mit seinem Freund, einer Krähe und einem sabbernden Pitbull im X-Bow.

„Perfekt", meinte Big T zufrieden, der kaum in den Schalensitz passte.

Raven lachte laut. „Na ja …" Dann gab er Gas.

Nach wenigen Kilometern begannen sie über den Angriff der Sledgehammer zu reden.

„Ich habe mich schon öfter gefragt, ob wir einen Verräter in unseren Reihen haben", sagte Raven.

„Du denkst bestimmt an Mysticon …"

Raven nickte.

„Aber du kannst es nicht beweisen, oder?", fragte Big T, während er den Pitbull hinter den Ohren kraulte.

„Stimmt."

„Vielleicht sind die Typen uns auch nur so gefolgt, als wir Blackpool verlassen haben", meinte Big T. „Und zwar mit so großem Abstand, dass wir sie nicht bemerkt haben. Ich frage mich nur, warum sie uns gerade jetzt angegriffen haben."

Raven überlegte einen Moment. „Wahrscheinlich hatten sie die Verfolgung einfach satt. Oder der Sprit ist ihnen ausgegangen. Oder das Essen."

Big T nickte. „Gut möglich."

Dann schwiegen sie wieder. Raven konzentrierte sich ganz aufs Fahren.

Ohne weitere Zwischenfälle überquerten sie die Berge. Die Sledgehammer hatten sich nicht mehr blicken lassen. Nun lag die Wüste vor ihnen. Weit vorn im flimmernden Licht der Sonne erhob sich der markante Berg, dessen Zinnen wie eine Gabel geformt waren.

Würde der Sprit reichen?, überlegte Raven. Es war unmöglich, die Entfernung bis zu ihrem Ziel abzuschätzen ...

Und was war mit ihren Wasservorräten? Schon jetzt klebte Raven die Zunge am Gaumen. Würden sie verdursten, bevor sie den Berg erreichten? Schon sah er Mysticon, diesen Zyniker, vor sich, der seine letzte Flasche mit irgendeinem Fusel öffnete.

„Ist das nicht herrlich?“, fragte Big T plötzlich.

„Wir fahren durch eine Landschaft, die absolut tot ist. Was ist daran herrlich?“ Raven blickte ihn erstaunt an.

Big T wandte ihm sein verschwitztes Gesicht zu. „He, wir sind ganz nah dran.“ Er deutete nach vorn auf den Horizont und lachte dröhnend. „Außerdem habe ich noch zwei Fingerbreit Wasser in meiner Flasche und einen völlig durchgeknallten Hund auf den Knien. Was will man mehr? Oder, Rollercoaster?“

Der Pitbull jaulte und versuchte sich auf Big Ts Knien an einer Art Männchen, was ihm gründlich misslang.

Raven grinste und war wieder einmal dankbar für Big Ts unerschütterlichen Optimismus.

„Hätte ja nie gedacht, dass wir mal zusammen in deiner Karre sitzen“, meinte Big T.

Er schien die Fahrt wirklich zu genießen, während Raven in Gedanken zum mindestens tausendsten Mal die elende Piste verfluchte, die nur aus Schlaglöchern zu bestehen schien. Außerdem war es im X-Bow, der keine Klimaanlage hatte, brüllend heiß.

„Na ja, ganz schön eng hier“, sagte Raven und schnaufte.

Big T brauchte eigentlich zwei Schalensitze. Aber dann hätte er nicht neben, sondern *auf* Raven gesessen.

Big T winkte ab. „Was soll's? Ist doch ganz gemütlich."

Gemütlich? Big T hatte wirklich Humor. Er grub seinen massigen Körper in den engen Sitz und schloss die Augen. Kurz darauf begann er zu schnarchen.

Raven konzentrierte sich weiter darauf, den X-Bow auf der Piste zu halten. Wie gut, dass der Wagen derart geländegängig war.

Raven schaute zu seinen Gefährten. Mysticons Stretchlimousine und Enyas Watercar waren leider alles andere als Geländefahrzeuge. Mysticon schaukelte in seinem langen Wagen durch die Landschaft wie ein Kamel, und auch Enya schien viel Mühe zu haben, ihr Auto unter Kontrolle zu behalten.

Belanas Crossmaschine und Zerrons Trike passten schon wesentlich besser in diese Landschaft, in dieses Meer aus Sand und Geröll.

Falls es jemals einen Schöpfer gegeben hat, muss er die Darklands gehasst haben, dachte Raven. Oder zumindest verachtet. Vielleicht hatte er sie auch schlichtweg vergessen.

Ein Knall ließ Raven zusammenzucken. Er schaute nach rechts und sah, wie das Watercar zur Seite kippte.

Ravens Augen weiteten sich vor Entsetzen, als er beobachtete, wie sich der Wagen mit Enya überschlug und sie dabei aus dem Fahrzeug geschleudert wurde. Reglos blieb sie im Sand liegen, während sich das Watercar noch ein paar Mal überschlug, auf den Rädern landete und in eine niedrige Düne rauschte, wo es stehen blieb.

Raven rammte Big T den Ellbogen in die Seite und steuerte zu seiner Schwester.

„Was ist denn los?“, fragte Big T.

Stumm deutete Raven zur Unfallstelle.

„Verdammt!“, zischte Big T, der nun schlagartig wieder wach war.

Raven bremste neben Enya, bei der bereits Zerron kauerte, und sprang aus dem Wagen.

Als Raven mit Big T hinzukam, schlug sie die Augen auf.

„Halb so wild“, sagte sie mit schmerzverzerrtem Gesicht. „Mir ist ein Reifen geplatzt und dann – na ja, das habt ihr ja gesehen ...“

„Hast du Schmerzen?“, fragte Zerron besorgt und reichte ihr seine Wasserflasche. „Komm, nimm einen Schluck.“

„Geht so“, erwiderte Enya und klopfte sich den Staub von den Klamotten. „Sind wohl nur ein paar Kratzer.“ Dann nahm sie die Flasche und trank.

Jetzt kamen auch Mysticon mit Yellow und Belana hinzu. Sie hatte die Ledertasche schon geöffnet.

„Irgendetwas Schlimmes?“, fragte Belana. „Ist was gebrochen?“

Enya schüttelte den Kopf und gab Zerron die nun fast leere Flasche zurück.

„Soll ich dir noch mehr holen? Ich habe eine zweite Flasche im Trike“, bot er an.

Raven sah, dass Enya zögerte.

„Lass mal gut sein“, mischte sich Belana ein. „Wir müssen mit dem Wasser haushalten.“

„Das weiß ich selbst“, brauste Zerron auf. „Aber ich mache mit meinem Wasser, was ich will.“

Belana wollte etwas erwidern, doch Raven sorgte mit einem energischen Blick dafür, dass sie sich zurückhielt. Dann hob er beschwichtigend die Hände. „Lasst uns Enya in den Schatten bringen."

Seine Schwester schaffte es, aufzustehen und zu Mysticons Limousine zu humpeln. Dort hockte sie sich hin.

„Willst du vielleicht etwas zu essen?", fragte Zerron. „Ich habe ein paar Kekse. Und eine Konserve mit Ananas …"

Während Belana die Augen verdrehte, schüttelte Enya erneut den Kopf. „Was ist mit meinem Auto?", fragte sie. „Kannst du nachsehen, ob es völliger Schrott ist?"

„Klar", sagte Zerron, holte sein Werkzeug aus dem Trike und lief los.

Raven folgte ihm. Wenn jemand den Wagen wieder zum Laufen brachte, dann war es Zerron, dachte er dabei. Sein Freund hatte magische Hände, wenn es um Fahrzeuge ging.

Als Erstes setzte sich Zerron hinter das Steuer und startete den Motor.

„Läuft", sagte er und reckte den Daumen nach oben. „Und nicht nur das. Die Kiste klingt richtig gut. Ein kleines Wunder nach dem Crash."

Schlechter sah es mit der Karosserie aus, die an vielen Stellen eingedrückt und verbeult war.

„Ach, das ist das wenigste", sagte Zerron und lachte. „Wer braucht schon Kotflügel in einer Welt ohne Regen? Alles nur Ballast. Pack mal mit an!"

Kurzerhand bauten er und Raven drei der demolierten Kotflügel ab und warfen sie zur Seite.

„He, Enya – sollen wir das Dach auch noch abreißen? Dann hast du ein Cabrio!“, rief Zerron.

Enya, die alles beobachtete, grinste. „Nee, lass mal.“

Zerron lächelte, wechselte den kaputten Reifen und setzte sich hinters Steuer des Watercars. Dann drehte er eine kurze Runde.

„Okay“, lautete kurz darauf sein Fazit. „Die Kiste ist wieder am Start. Ist ein bisschen leichter als vorher, aber das kann ja nicht schaden.“

Nach einer kurzen Rast ging es weiter. Raven kam es erneut so vor, als würden sie ihrem Ziel keinen Millimeter näher kommen. Der Berg mit den gabelförmigen Zinnen schien irgendwo weit hinten am Horizont zu kleben. Oder noch schlimmer: sich von ihnen fortzubewegen.

Stunde um Stunde verging. Bald stand die Sonne im Zenit, dann wurde es Nachmittag. Doch die Hitze blieb, sie ließ nicht locker.

Immerhin wurden sie nicht verfolgt. Von den Sledgehammern war nach wie vor nichts zu sehen.

Am frühen Abend schaute Raven mit besorgter Miene auf die Tankanzeige. Gerade mal ein Viertel blieb ihm noch. Damit kam er vielleicht hundertfünfzig Kilometer weit – höchstens ... Bei den anderen sah es bestimmt nicht besser aus. Vor allem die Limousine von Mysticon soff wie ein Loch.

Wie ihr Besitzer, dachte Raven mit einem Anflug von Bosheit. Immerhin hatte der lange Wagen einen größeren Tank.

Raven griff in das kleine Staufach hinter seinem Sitz und zog die Wasserflasche hervor.

Darin herrscht auch ziemliche Ebbe, dachte er, und schob sie wieder an ihren Platz zurück, ohne seinen Durst zu löschen, obwohl sein Mund trocken war wie die elende Wüste um ihn herum. Durst war das schlimmste Gefühl, das er kannte. Heimtückisch, jeden Gedanken verschlingend. Der Durst schlich sich langsam heran. Machte sich ganz allmählich breit und wurde größer und größer, bis er alles beherrschte. Der Durst war der König der Gier.

Außerdem brauchten nicht nur er, Belana, Enya, Big T, Zerron und Mysticon etwas zu trinken – sondern auch die Tiere.

Ravens Hände schlossen sich so fest um das Lenkrad, dass seine Knöchel weiß wurden. Er hatte Durst, Durst, Durst! Bald würde er durchdrehen. Aber er musste hart bleiben und nicht die letzten Reste herunterkippen. Er musste sparsam mit dem Wasser umgehen. Sehr sparsam.

„Mann, jetzt 'ne kalte Cola", brummte Big T, als könnte er Gedanken lesen.

„Ja, mit Eis. Eine ganze Badewanne voll", sagte Raven sehnsüchtig.

In diesem Moment fing Spy an, unruhig zu werden. Er hüpfte auf dem Armaturenbrett herum und schlug mit den Flügeln.

„Hey, was ist denn, hast du einen Sonnenstich?", fragte Raven leicht genervt. Es war ohnehin eng und heiß im X-Bow. Eine durchgeknallte Krähe war das Letzte, was er jetzt gebrauchen konnte.

Der Vogel schien sich gar nicht mehr beruhigen zu können. Schon hob Rollercoaster, der auf Big Ts Schoß döste, den Kopf und knurrte leise.

Spy trippelte nun in Richtung des linken Außenspiegels und Raven folgte ihm mit den Augen.

„Ach du Schande!", rief er.

„Was gibt's?", fragte Big T.

Raven deutete nach links: „Eine ... eine ... Oase! Da sind Palmen!"

„Hm, ich sehe nichts – aber ich bin auch ein wenig kurzsichtig", meinte Big T.

Raven hörte gar nicht hin. Ganz schwach glaubte er die Umrisse der Bäume im flirrenden Licht zu erkennen. Palmen, Palmen, Palmen! Und wo es Palmen gab, da gab es auch Wasser!

Er trat auf die Bremse und sofort hielten auch die anderen an.

Kurz darauf standen sie zusammen vor dem X-Bow.

„Ist das nicht irre?" Raven zeigte erneut nach links.

„Was soll da sein?", fragte Belana, während sie die Augen mit der Hand beschattete. „Ich sehe nur ein paar Schemen. Vielleicht Hügel ..."

„Oder Palmen!", rief Raven.

„Quatsch", sagte Mysticon grob. „Das ist mit Sicherheit eine Fata Morgana, eine verdammte Luftspiegelung. Schon mal davon gehört?"

„Natürlich." Raven wurde ärgerlich. „Aber wie kommst du darauf?"

Mysticon hob die Schultern und ließ sie ganz langsam wieder sinken. „Hör zu, Raven, ich habe schon ein paar Jährchen mehr auf dem Buckel. Daher habe ich etwas, was dir fehlt – nämlich Erfahrung."

Raven verschränkte die Arme vor der Brust. Jetzt ging das schon wieder los ... Mysticon glaubte, dass er – und nicht Raven – aufgrund seines Alters hier das Sagen haben sollte.

„Ich kenne die Wüste und ich kenne ihre Tücken“, fuhr Mysticon fort. „Und ich sage euch: Das ist eine Täuschung. Dahinten gibt es weder Palmen noch Wasser. Dort gibt es nur eins: Sand.“

„Und wenn nicht?“, fragte Raven. „Was ist, wenn es wirklich eine Oase ist? Unserer Vorräte gehen zur Neige und ...“

„Das hast du ausnahmsweise mal richtig erkannt“, unterbrach Mysticon ihn. „Wir halten vermutlich nur noch einen Tag durch. Höchstens. Die Oase, wie du diese Sinnestäuschung nennst, liegt in der falschen Richtung. Wir müssten also einen Umweg fahren. Willst du wirklich wertvollen Sprit und Wasser vergeuden, um festzustellen, dass du dich geirrt hast? Damit bringst du nicht nur dich, sondern uns alle in Gefahr.“

„Dann bleib doch hier!“, schrie Raven voller Wut. Wie er diese elenden Diskussionen hasste!

Mysticon begann Yellows Kopf zu streicheln. „Genau das werde ich auch tun.“ Dann trat er dicht an Raven heran.

„Ich weiß, dass du Durst hast. Den haben wir alle.“ Er tippte sich an die Stirn. „Der Durst kann einen wahnsinnig machen.“

„Ja, vielleicht. Aber ich leide nicht unter Halluzinationen“, blaffte Raven ihn an.

„Ich meine es nur gut“, sagte Mysticon in einem schon fast väterlichen, aber auch leicht herablassenden Ton.

„Das glaube ich dir nicht. Und hör auf, mit mir wie mit einem Idioten zu reden.“ Dann wandte er sich an die anderen: „Was haltet ihr davon, wenn nur ich dorthin fahre? Falls ich Wasser finde, bringe ich für alle etwas mit. Wenn nicht, habe zumindest nur ich sinnlos Benzin verbraucht."

„Ich komme mit", meinte Belana.

„Nein, du bist dir schließlich auch nicht sicher, ob dort Palmen sind", lehnte Raven ab. Wenn er sich schon blamierte, dann wollte er Belana da nicht mit reinziehen.

„Okay, dann versuch dein Glück, Raven!", rief Big T. Auch Zerron, Enya, Mysticon und Belana waren einverstanden. Also ging Raven in der hereinbrechenden Dunkelheit zu seinem X-Bow und ließ den Motor an.

DIE OASE

Kurz nachdem Raven mit den leeren Flaschen der anderen losgefahren war, ging die Sonne unter. Die Dunkelheit legte sich über die Wüste, und Raven machte das Licht an.

Der Durst quälte ihn, er hatte inzwischen heftige Kopfschmerzen, aber nach wie vor zügelte er den Drang, die Flasche hervorzuziehen und auszutrinken.

Starr schaute Raven auf sein Ziel. Waren da überhaupt Palmen? Eine Oase? In der Dunkelheit waren die Bäume nicht mehr zu sehen. Oder hatte Mysticon doch recht: Gab es weder Bäume noch eine Oase? Hatte ihn der Durst verrückt gemacht? Hatte er Dinge gesehen, die es gar nicht gab? Immerhin war nur er sich vorhin sicher gewesen, dass es da vorn irgendwo Palmen und Wasser gab. Noch nicht einmal Belana war auf seiner Seite gewesen.

Raven presste die rissigen Lippen aufeinander. Auf keinen Fall durfte er sich irren!, schwor er sich in Gedanken. Denn dann hätte er nicht nur – wie von Mysticon prophezeit – Benzin verbraucht, sondern auch bewiesen, dass er als Anführer unfähig war, weil er eine falsche Entscheidung getroffen hatte.

Unverwandt schaute er in die dunkle Wüste. Seine Augen brannten.

Minuten verstrichen, dann war es eine halbe Stunde. Die Oase schien weiter weg zu sein als gedacht. Raven warf einen Blick auf die Tankanzeige. Das sah gar nicht gut aus …

Der Durst nahm zu, sein Mund war trocken, er hatte Schwierigkeiten, sich zu konzentrieren.

Doch dann – endlich! – sah er schlanke Schatten gegen den

Abendhimmel. Und ja, das mussten Bäume sein. Schon erreichte er den ersten Schatten, stoppte und sprang aus dem Wagen.

Sein Herz schlug höher. Da vorn war auch ein See! Oder? Schon taumelte er auf die ovale, silbern glänzende Fläche zu, die von Palmen, wie er glaubte, aber auch von einfachen Hütten umstanden war.

Spy flog über seinem Kopf.

Wasser, Wasser, Wasser!, jubelte Raven innerlich. Er hatte es geschafft!

Doch da bemerkte er noch etwas: Aus den Hütten wankten Gestalten heraus. Seine Nackenhaare stellten sich auf. Es war keine Überraschung, dass die Hütten bewohnt waren, aber die Art und Weise, wie sich die etwa zwanzig Leute bewegten, ließ bei Raven alle Alarmsirenen schrillen.

Diese Bewegungen hatten etwas Eckiges, schon fast Roboterhaftes. Außerdem schienen die Menschen bewaffnet zu sein. Sie trugen längliche Gegenstände in den Händen. Vermutlich waren es Gewehre.

Raven blieb stehen und bereute es, dass er den Bogen im X-Bow gelassen hatte. Die Gestalten hielten jetzt ebenfalls inne – und zwar alle gleichzeitig, als hätte jemand ihnen ein entsprechendes Kommando gegeben.

Nichts rührte sich.

Seltsam. Er hatte damit gerechnet, dass die Typen ihn angreifen würden, vielleicht, weil sie die Oase verteidigen wollten. Oder dass sie sich in ihre Häuser zurückziehen würden, um ihn aus der Deckung heraus unter Feuer zu nehmen.

Doch nichts von alledem. Die Gestalten waren wie erstarrrt, als wären sie gerade vom Blitz getroffen worden.

Raven ließ eine Minute verstreichen. Nach wie vor bewegte sich niemand. Außerdem war es vollkommen still. Noch nicht einmal das typische Rauschen war zu vernehmen, wenn der Wind in die Palmenwedel fuhr.

Irgendetwas stimmt nicht mit diesem Ort. Ravens Blick wanderte zum Wasser und er musste schlucken.

Wasser ... Das Wort hallte in seinem Kopf wider. Wasser ...

Es war greifbar nah. Er musste nur an diesen merkwürdigen Gestalten vorbei.

Er wartete weiter, während die Kopfschmerzen zunahmen. Der Durst würde ihn wahnsinnig machen. Oder war er es längst?

Irgendwann hielt Raven es nicht mehr aus und lief los. Die müssen mich doch sehen!, dachte er. Aber die Typen rührten sich nicht. Waren sie überhaupt gefährlich?

Er nahm seinen ganzen Mut zusammen und wankte auf sie zu. Jetzt war er noch wenige Schritte von der ersten Gestalt entfernt. Der Mann war knapp zwei Meter groß, ein düsterer, riesiger Schatten. Er hielt den Kopf gesenkt, sodass sein Gesicht nicht zu erkennen war.

„Hi", sagte Raven. Er brachte nicht mehr als ein Krächzen zustande.

Keine Reaktion.

„Guten Abend!", rief er, nun etwas freundlicher. „Ich habe eure Oase zufällig entdeckt und wollte fragen, ob ich vielleicht ein wenig Wasser haben könnte. Meine Freunde und ich sind kurz vor dem Verdursten."

Der Mann hob noch nicht mal den Kopf. Er stand dort wie aus Stein gemeißelt.

Raven fixierte die Waffe in der rechten Hand des Mannes. Es war ein Gewehr mit einem sehr kurzen Lauf. Oder war das eine Pumpgun?

Ravens Puls beschleunigte sich und sein Blick irrte zu den anderen Leuten. Auch sie blieben regungslos.

Jetzt reichte es ihm. Er machte einen Schritt nach vorn und wollte den Mann an der Schulter packen, als könne er ihn wach rütteln.

Doch als Raven in das Gesicht des Mannes blickte, hielt er inne. Es sah aus wie ein scharf geschnittenes Dreieck mit einem spitzen Kinn, einer ebensolchen Nase und zwei Augen, die blutrot aus schwarzen Seen funkelten.

Raven lief ein Schauer über den Rücken. Aber dann überwand er sich und berührte den Mann an der Schulter. Seine Finger spürten nichts. Keinen Stoff, keine Knochen, keine Haut. Nichts. Raven griff durch die Gestalt hindurch. Lähmendes Entsetzen überfiel ihn. Sein Mund öffnete sich zu einem Schrei, doch er brachte nichts heraus als ein weiteres heiseres Krächzen. „Ein Geist", murmelte er fassungslos. Ihm wurde schwindelig und er fürchtete, in den Sand zu sinken. Nein, halt!, dachte er. Es gibt keine Geister. Vermutlich bildete er sich das alles nur ein.

Er taumelte zum See. Dabei kam er an zwei weiteren Gestalten vorbei. Eine davon war eine Frau mit langen aschgrauen Haaren. Auch sie machte keine Anstalten, Raven aufzuhalten. Als er an ihr vorbeiging, ruckte ihr Kopf zur Seite und sie starrte ihn an. Auch ihre Augen waren blutrot. Eine Träne, ein flüssiger Rubin, bahnte sich den Weg über ihre bleiche Wange.

Raven riss sich zusammen und schleppte sich weiter. Rechts, direkt am Ufer, glaubte er eine Hütte mit einem Dach aus Palmblättern zu erkennen. Er streckte die Hand aus, um das Holz zu spüren, aber auch diesmal stießen seine suchenden Finger auf keinen Widerstand. Offenbar war die Hütte ebenfalls nur eine Ausgeburt seiner Fantasie.

Er wankte zum Wasser und ging auf die Knie, um es sich in den Mund zu schöpfen. – Seine Finger gruben sich in feinsten Sand. Kein Wasser. Sand. Nichts als Sand!

Das durfte nicht wahr sein! Raven schrie seine Enttäuschung in die Nacht hinaus. Unvermittelt verstummte er, am ganzen Körper zitternd. Vor Enttäuschung, vor Wut, vor Erschöpfung.

Plötzlich sah er wieder klar und deutlich, und die Wahrheit traf ihn wie eine Faust.

Mysticon hatte recht gehabt, er hätte auf ihn hören sollen. Raven hatte sich das alles tatsächlich nur eingebildet. Der Durst hatte seine Sinne getrübt oder vernebelt, hatte ihn Dinge sehen lassen, die es nicht gab. Er schleuderte eine Handvoll Sand in die Dunkelheit. Er hatte sich lächerlich gemacht. Was für ein Triumph für Mysticon, wenn er gleich mit leeren Händen vor ihm und den anderen stehen würde.

Aber er musste es tun, er musste sich der absoluten Blamage stellen. Es gab keine Alternative. Er konnte sich ja schlecht hier irgendwo vergraben. Raven lachte bitter.

Vielleicht wäre genau das jetzt das Richtige, dachte er.

Einige Zeit später stoppte der X-Bow bei den Fahrzeugen der anderen. Rollercoaster schoss auf Raven zu und überschlug sich wie gewöhnlich vor Freude. Erwartungsvoll schauten Belana, Enya, Zerron, Big T und Mysticon ihn an.

Raven straffte die Schultern und sagte kaum hörbar: „Nichts."

Big T krauste die Stirn. „Was?"

„Nichts", wiederholte Raven nun etwas lauter.

Da stieß Mysticon ein kehliges Lachen aus. „Na großartig! Du verplemperst unser wertvolles Benzin und kommst mit was zurück? Mit nichts!"

Belana trat dicht an Raven heran. „Bitte sag, dass das nicht wahr ist."

Raven schaute sie verzweifelt an – und Belana verstand.

„Verdammt", sagte sie nur, während Mysticon immer noch vor sich hin lachte.

„Hör auf!", schrie Enya ihn an und Mysticons Mund klappte zu, sodass sein Lachen erstarb.

„So kenne ich dich gar nicht." Offenbar war Mysticon von Enyas Ausbruch ebenso überrascht wie alle anderen.

„Halt die Klappe", zischte Enya. „Ja, mein Bruder hat einen Fehler gemacht. Und ja, er hat Sprit vergeudet. Aber was hast du denn gemacht, Mysticon, um unsere Situation zu verbessern?"

Mysticon wollte etwas erwidern, doch Enya ließ ihn gar nicht erst zu Wort kommen. „Nichts hast du getan. Du hast hier faul herumgesessen. Raven hat sich für uns eingesetzt. Für uns alle. Okay, es war ein Fehlschlag, aber einen Versuch war es allemal wert. Und den brauchst du nicht ins Lächerliche zu ziehen!"

Raven registrierte, dass Belana, Big T und Zerron nickten.

Mysticon kaute auf seiner Unterlippe. „Es ist gut und schön, dass du dich für deinen Bruder einsetzt. Aber bleiben wir mal bei den Fakten, Kleine. Wir …"

„Wenn du mich noch einmal so nennst, lernst du das hier kennen", unterbrach Enya ihn und deutete auf die Harpune, die wie immer griffbereit auf dem Beifahrersitz ihres Watercars lag.

„Okay, Große, ich schlottere schon vor Angst. Aber jetzt lässt du mich ausreden", fuhr Mysticon fort.

Enya zog die Waffe aus dem Wagen und legte auf Mysticon an. „Ich habe dich gewarnt."

Er hob die Hände und wich zurück, den Wolf an seiner Seite. Aus Yellows Kehle drang ein tiefes Grollen.

„Nimm das Ding runter." Mysticons Stimme war einen Tick schriller geworden.

„Nein", sagte Enya kühl und schoss.

Der mit Widerhaken versehene Pfeil flog knapp an Mysticons Kopf vorbei und bohrte sich in den Wüstensand hinter ihm.

„Bist du … wahnsinnig?", stammelte Mysticon.

„Nein, nur konsequent. Und sei froh, dass ich absichtlich danebengezielt habe."

Raven konnte sich ein Grinsen nicht verkneifen. Auch Big T und vor allem Zerron schienen absolut begeistert von Enyas Aktion, während Belanas Miene weder Zustimmung nach Ablehnung verriet.

Enya warf die Harpune zurück auf den Sitz. „Und nun sollten wir weiterfahren."

„Mitten in der Nacht?“, fragte Big T.

„Ja, denn je weniger Zeit wir brauchen, desto weniger Wasser brauchen wir auch. Oder was meinst du, Raven?“

Er war froh, dass sich Enya auf seine Seite gestellt und Mysticon gebremst hatte. Mit dieser bedingungslosen Unterstützung von seiner Schwester hatte Raven nicht gerechnet.

Er nickte. „Guter Vorschlag. Lasst uns sofort starten.“

Wenig später rollte der kleine Konvoi wieder durch die Wüste. Raven schaltete immer sehr früh in den nächsthöheren Gang, damit der Motor niedertourig lief und möglichst wenig Sprit verbrauchte.

Neben ihm saß Big T, der wieder den Pitbull auf dem Schoß hatte. Raven gönnte sich noch einen winzigen Schluck aus der Wasserflasche. Das lauwarme Zeug schmeckte eigentlich fürchterlich, doch für Raven war es, als habe er gerade einen besonders edlen Tropfen aus Mysticons gut bestückter Minibar in der Stretchlimousine genießen dürfen.

Jetzt hatte er noch genau einen kleinen Schluck in der Flasche. Den letzten winzigen Schluck. Dann war es vorbei. Wie lange würde er ohne Wasser überleben können? Einen Tag oder vielleicht zwei?

Im X-Bow herrschte Stille. Nur das Dröhnen der Motoren war zu hören.

Plötzlich blinkte ein gelbes Lämpchen im Armaturenbrett auf. Es zeigte eine Zapfsäule.

Oh Mann, dachte Raven. Der Sprit ging ihm endgültig aus, er fuhr jetzt auf Reserve. Das bedeutete, dass er noch maximal fünfundsiebzig Kilometer weit kommen würde.

„Das reicht“, brummte Big T, der die Warnung ebenfalls gesehen hatte. „Wir schaffen das. Glaub mir.“

„Hoffentlich“, erwiderte Raven und fragte sich, woher Big T seinen Optimismus nahm. Kaum noch Sprit, eine kleine Pfütze in der Trinkflasche. Was für Aussichten …

Dann brach der nächste Morgen an, die Sonne eroberte den Himmel und entfaltete ihre mörderische Kraft.

Raven starrte nach vorn und es sah so aus, als habe der Berg einen Sprung auf sie zu gemacht. Das Ziel war jetzt greifbar nah!

Raven stieß Big T an, der eingedöst war. „He, schau mal!“

Sein Freund schreckte hoch und riss die Augen auf. „Wow, Wahnsinn! Ich habe es dir doch gesagt: Wir packen das!“

Tatsächlich stoppte der Trupp wenige Augenblicke später am Fuß des mächtigen Berges. Sie parkten die Fahrzeuge unter einem überhängenden Felsen, dort waren sie vor neugierigen Blicken einigermaßen sicher. Dann umarmten sie sich alle – sogar Raven und Mysticon.

Mit einem Mal fiel alles von Raven ab, alle Strapazen waren vergessen. Als er Belana in seine Arme schloss, sagte sie: „Ein Traum …“

„Ja, und endlich mal ein schöner“, erwiderte er und küsste sie.

„Hey, kuscheln könnt ihr später!“, rief Big T und lachte. „Ich bin kurz vor dem Verdursten und noch haben wir das Wasser, das es hier geben soll, nicht gefunden.“

„Du hast recht“, sagte Raven. „Vielleicht können uns ja auch Rollercoaster und Yellow helfen. Die spüren eine Quelle sicher schneller auf als wir.“

Sie teilten sich in drei kleine Teams auf: Raven und Belana, Zerron und Big T samt dem Pitbull sowie Mysticon mit Yellow und Enya, die wenig begeistert über ihren Partner zu sein schien.

Zu Fuß suchten sie das sanft ansteigende Gelände an unterschiedlichen Stellen ab.

Raven und Belana stolperten über den unebenen Boden, der steinig und karg war, und Raven konnte sich nicht vorstellen, dass es hier in der Nähe einen Fluss gab.

Vielleicht, so hoffte er, stießen sie auf den Eingang zu einer Höhle, durch die ein Bach floss.

Eine zähe halbe Stunde verging und Raven fragte sich schon, ob sie sich wie bei der Oase getäuscht hatten.

Aber dann begann der Wolf plötzlich zu heulen und kurz darauf hörten sie Enya rufen: „Schnell, kommt hierher, wir haben etwas entdeckt!“

DIE MAGISCHE HÖHLE

Raven und Belana rannten zu ihr.

Aufgeregt deutete Enya auf einen gezackten Spalt in der Felswand, der etwa zwei Meter breit war. Schon war sie darin verschwunden.

Nun kamen auch Big T und Zerron dazu. „Was ist denn los?"

„Hier ist eine große Höhle, soweit ich das sehen kann", klang es dumpf aus dem Spalt. „Aber was noch viel besser ist: Ich höre ein Rauschen. Das könnte ... ein Bach sein! Oder sogar ein richtiger Fluss!"

Nun gab es kein Halten mehr: Einer nach dem anderen drängte nach.

Raven sah zu seiner Schwester, die eine Taschenlampe über die Höhlenwände gleiten ließ. Jetzt strich der Lichtkegel über den Boden und kroch auf den hinteren Teil der Höhle zu.

„Seid mal ganz leise", bat Enya.

Raven schloss die Augen und konzentrierte sich. Ja, ja, ja, jetzt hörte er es auch: Da war ein Rauschen – und es kam aus dem hinteren Teil der Höhle.

„Los!", sagte er nur. Wieder war es kaum mehr als ein Krächzen, was er hervorbrachte. Er war noch nie in seinem Leben so durstig gewesen. Wenn er nicht bald etwas zu trinken bekam, würde er durchdrehen. Seinen Gefährten ging es sicher nicht besser.

Er wurde von Rollercoaster und Yellow überholt, die in dieselbe Richtung liefen, die Nasen dicht am Boden.

Sie gelangten zu einem vier Meter hohen Durchbruch, der wie ein Tor in der hinteren Wand klaffte. Dahinter schimmerte ein schwaches, geisterhaftes Licht.

Raven nahm Belana an der Hand. Dann liefen sie mit den anderen auf das Licht zu.

Kurz hinter dem Durchbruch blieben alle abrupt stehen, denn was sie jetzt sahen, raubte ihnen den Atem.

Vor ihnen lag ein weiterer Höhlenraum, der so groß war, dass ein Flugzeug darin hätte landen können. Die Decke war zum Teil eingestürzt. Sonnenlicht fiel herein und rieselte auf große Farne, die ihre Wedel in einer schwachen Brise wiegten. Die Pflanzen drängten sich an einem Fluss, der gut zehn Meter breit war, quer durch die Höhle rauschte und sich links von ihnen in einem Stollen verlor.

Sie rannten los, kamen nahezu gleichzeitig am Wasser an, knieten sich auf die runden kleinen Kiesel am Ufer und schöpften das kalte Nass mit den hohlen Händen gierig in ihre Münder.

Raven genoss jeden Tropfen, tauchte die Hände wieder und wieder in den Fluss, schüttete sich das Wasser über das Gesicht, ließ es in sein Hemd rieseln und genoss die Gänsehaut, die die Kühle hervorrief.

Währenddessen rannten Rollercoaster und Yellow aufgeregt hin und her und tauchten ihre Schnauzen alle paar Sekunden ins Wasser. Spy hockte etwas abseits und schnäbelte in einem kleinen Spalt zwischen zwei Flusssteinen herum.

Nun begann Belana, Raven nass zu spritzen, und er revanchierte sich. Kurz darauf war eine regelrechte Wasserschlacht im Gange, bei der bis auf Mysticon alle mitmachten.

Fünf Minuten später hockten sie am Ufer.

„Ich hab's euch doch gesagt", meinte Raven zufrieden. „Wir schaffen es. Das ist der Zugang zu Paxtonia."

Enya klopfte ihm auf die Schulter. „So sieht es aus." Sie deutete zu dem Stollen, in dem der Fluss verschwand. „Das da könnte der Eingang sein."

„Finden wir es heraus!" Raven stand auf. In diesem Moment fiel ihm etwas ein. „Was ist mit unseren Fahrzeugen?"

Zerron nickte. „Wir sollten sie nicht unbeaufsichtigt lassen. Wir wissen nicht, ob die Sledgehammer doch noch mal auftauchen."

„Also brauchen wir Wachen", sagte Mysticon.

Raven überlegte kurz. „Zwei Leute sollten zurückbleiben und aufpassen."

„Wer macht's?", wollte Belana wissen.

„Ja, gibt's Freiwillige?", fragte Raven ohne große Hoffnung.

Doch zu seiner Überraschung meldete sich Mysticon. „Okay, ich warte mit Yellow draußen."

„Super." Raven sah ihn dankbar an. „Wer noch?"

„Rollercoaster will Yellow bestimmt Gesellschaft leisten", sagte Big T. „Also schiebe ich auch Wache. Aber lasst uns nicht zu lange hier sitzen."

„Natürlich nicht", erwiderte Raven, der froh war, dass die Sache so schnell und ohne Diskussionen über die Bühne gegangen war. „Wir beeilen uns."

Der kleine Spähtrupp, bestehend aus Enya, Zerron, Belana, Raven und Spy, der über ihren Köpfen flatterte, machte sich auf den Weg. Sie nahmen ihre Waffen, folgten dem Lauf des Flusses und gelangten in einen düsteren Stollen.

Die Decke war niedrig, der Gang schmal. Enya ging voran und

hatte die Taschenlampe angeknipst. Die Wände glänzten feucht, auf dem Boden waren kleine Pfützen. Etwas fiel in Ravens Nacken und er dachte zunächst, dass es ein Wassertropfen gewesen war. Doch als der vermeintliche Tropfen ihn zu kitzeln begann, wusste er, dass er sich geirrt hatte.

Was ist das für ein Vieh?, dachte er mit leisem Grausen und riss sich das Hemd vom Leib.

„Was hast du denn?“, fragte Belana und lachte.

„Besuch“, erwiderte er knapp und schüttelte das Hemd aus.

Da sich auch Enya mit der Lampe umgedreht hatte, sah Raven nun, wer ihn da besucht hatte. Es war ein verdammt großes Krabbeltier, womöglich eine besonders gut genährte Kakerlake, die jetzt eilig Zuflucht in einer Ritze suchte.

„Lecker“, meinte Zerron. „Die scheint dich zu mögen. Bestimmt holt der flotte Käfer seine Familie nach, damit sie dich alle unter die Lupe nehmen können.“

Raven schüttelte sich und zog das Hemd wieder an. „Hoffentlich war das ein Einzelkind. Los, weiter, ich will hier weg.“

Der Stollen wand sich mit zahlreichen Kurven leicht abwärts und führte sie in eine weitere Höhle, die kleiner war als die erste, aber dafür höher.

Ravens Mund klappte auf. Hier flossen gleich zwei Ströme zusammen, und dort, wo sie aufeinandertrafen, schäumte, gurgelte und spritzte das Wasser. Ein Anblick, der ihm den Atem raubte.

Auch hier war ein Teil des Daches eingestürzt. Die Sonne tauchte die üppige Vegetation in ein idyllisches Licht.

Auf dem Schuttkegel, den das felsige Dach bei seinem Einsturz gebildet hatte, erhoben sich Palmen, die ihre Blätter dem Licht entgegenstreckten. Gräser, Farne, Halme – alles erstrahlte in satten unterschiedlichen Grüntönen. Mal war das Grün hell wie das einer unreifen Zitrone, dann türkis wie das Wasser in einer Lagune, dann wieder schimmerte es verführerisch wie ein Smaragd.

Raven konnte sich nicht daran sattsehen, denn diese unendlich vielen grünen Schattierungen waren so anders, so saftig, so voller Leben. Aus Blackpool und den Darklands kannte er neben dem ewigen Blau des Himmels nur graue, braune und schwarze Farbtöne.

Er und seine Freunde setzten sich ans Ufer, an dem Höhlenperlen lagen – manche klein wie Murmeln, andere so groß wie Bälle.

In der Lichtsäule, die sich über dem Berg erhob, führten Schmetterlinge einen schwerelosen Tanz auf. Vögel schossen mit rasender Geschwindigkeit durch die Fontäne aus Licht. Spy drehte ein paar Runden mit ihnen und landete dann wieder auf Ravens Schulter.

Das Paradies, dachte Raven. Das hier ist das Paradies.

Belana legte ihren Kopf an seine Schulter. Er drückte sie an sich und spürte plötzlich Tränen in sich aufsteigen. Mit einem Mal fiel alles von ihm ab, er spürte eine grenzenlose Erschöpfung, aber auch eine mindestens ebenso große Erleichterung.

Er schniefte leise und nun sah ihn Belana von der Seite an. Dann küsste sie ihm eine Träne von der Wange.

Raven lächelte in sich hinein und beobachtete, dass auch Zerron und Enya dicht beieinandersaßen. Sehr dicht …

„Wir haben Paxtonia gefunden“, sagte Belana jetzt so leise, dass es die anderen beiden nicht hören konnten.

„Stimmt, wir sind im Paradies“, erwiderte Raven. „Wir werden die anderen aus Blackpool holen und hier neu anfangen. Hier gibt es alles, was wir brauchen. Nur eins gibt es nicht: Feinde.“

Belana blieb skeptisch. „Ich weiß nicht. Was ist mit den Sledgehammern? Und was mit Mysticon? Wir beide trauen ihm nicht.“

Raven nickte. Ja, und die Sache mit Dippy …, dachte er.

„Außerdem bin ich mir nicht so sicher, wie die Waters sich verhalten werden, wenn sie erst einmal hier sind“, fuhr Belana fort.

„Wie meinst du das?“, fragte Raven. Hatte Belana immer noch Bedenken wegen der Waters? Sie stellte damit auch die Glaubwürdigkeit seiner Schwester infrage. Ein Schatten legte sich auf seine Euphorie.

„Das sind Krieger, die es nicht gewohnt sind zu teilen, fürchte ich“, erklärte Belana.

„Das gilt für einen Teil unserer Deserts sicher auch“, sagte er. „Außerdem hat Enya ihre Leute im Griff.“

„Woher weißt du das?“

Er löste sich von ihr und schaute sie an: „Was soll das, Belana? Wir sind ein Team. Wir haben es bisher nur deshalb geschafft, weil wir zusammengehalten haben. Und jetzt, wo wir am Ziel sind, hinterfragst du alles?“

„Nein“, sagte sie, jetzt eine Spur lauter. „Ich will damit nur sagen, dass wir vorsichtig bleiben müssen.“

„Natürlich“, erwiderte er und stand auf. Er hatte keine Lust, weiter darüber zu reden.

„Ach, Ende der Diskussion, oder was?“, fragte sie und lächelte ironisch.

„Ganz genau.“

„Na toll.“

Raven wollte weiter und rief seiner Schwester und Zerron zu: „Kommt – wer weiß, was uns noch alles erwartet!“

Sie machten sich wieder auf den Weg. Das labyrinthähnliche Höhlensystem erstreckte sich über viele Kilometer und bestand aus unzähligen Gängen, Stollen und Höhlen in allen nur denkbaren Formen und Größen.

Während Zerron und Enya sich unterhielten, schwiegen sich Raven und Belana eine Zeit lang an.

Raven hatte Angst, sich hier zu verlaufen. Also blieb er immer mal stehen und versuchte, sich den Weg einzuprägen.

Plötzlich krähte Spy warnend.

Raven blickte sich in der Grotte, die gut zwanzig Meter hoch und sehr breit war, aufmerksam um. Ein kleiner Bach plätscherte zu seinen Füßen und ergoss sich in den breiten Strom. Es roch nach feuchter Erde. Einmal mehr befanden sie sich an einer lichtdurchfluteten, schon fast verwunschen wirkenden Stelle mit einem beeindruckenden Wald aus mannshohen Farnen.

Warum war Spy so nervös?, überlegte Raven. Hier war doch alles friedlich ...

Sein Atem stockte. In einem Spalt an der Decke bewegte sich etwas. War das nur der Wind?

Er zog einen Pfeil aus dem Köcher.

„Was ist?“, fragte Belana.

Raven stieß einen leisen Pfiff aus, sodass sich auch Zerron und Enya zu ihm umdrehten. Stumm deutete Raven auf den Spalt, in dem es verdächtig raschelte.

Nun zogen auch Belana und Enya ihre Waffen, während Zerron seinen Bō mit beiden Händen schlagbereit hielt.

Raven ging hinter einem Felsbrocken am Ufer in Deckung und behielt die Stelle im Auge. Die anderen folgten seinem Beispiel.

Plötzlich erklang ein schriller, kreischender Ton, der wie eine Kreissäge klang.

Raven widerstand der Versuchung, sich die Ohren zuzuhalten. Stattdessen packte er den Bogen noch fester. Die Spitze des Pfeils irrte über die Höhlendecke.

Da erhob sich etwas in dem Spalt. Im ersten Moment schien es eine große Wolke zu sein, doch dann erkannte Raven entsetzt, dass diese Wolke lebte, dass sie aus hunderten, wenn nicht sogar aus tausenden von Fledermäusen bestand.

Sie formierten sich und schossen auf die Freunde zu. Raven feuerte einen Pfeil in die Masse, wohl wissend, dass es sinnlos war. Auch Belana und Enyas Waffen würden ohne Wirkung bleiben. Nur Zerron konnte etwas ausrichten, sah Raven.

Sein Freund ließ den langen Bō mit einer atemberaubenden Geschwindigkeit um sich kreisen – wie einen Propeller. Damit hielt er sich die Biester vom Leib.

Der Schwarm fiel unterdessen über Raven, Belana und Enya her. Es war wie ein lebender Mantel oder eine Decke aus kleinen Leibern. Raven schlug und trat um sich, konnte aber nicht verhindern, dass einige der Tiere ihre winzigen, aber scharfen

Zähne in seine Haut gruben. Aus vielen kleinen Wunden floss Blut.

Belana stieß mit einem ihrer Wurfmesser wieder und wieder zu und Enya benutzte die Harpune als Schlagwaffe. Zerron kam ihnen zu Hilfe, doch er konnte nicht viel tun. Die flinken Biester waren überall.

Da hatte Raven eine Idee. Er zog einen Pfeil hervor, der mit einem Brandsatz bestückt war. Während die bissigen Fledermäuse ihn weiter attackierten, entzündete er die brennbare Paste an der Spitze. Sofort stieg beißender giftig gelber Rauch auf, eine Flamme züngelte gierig am Schaft.

Raven schwenkte den brennenden Pfeil hoch über ihren Köpfen – und es geschah genau das, was er gehofft hatte: Die Fledermäuse stoben fiepend und kreischend auseinander und zogen sich zurück.

„Danke", sagte Belana und wischte sich das Blut von einer Wunde am Unterarm.

„Ja, sonst hätten uns diese Viecher noch aufgefressen", meinte Enya.

Auch sie und Raven bluteten aus vielen kleinen Verletzungen an den Armen. Zerron dagegen hatte so gut wie nichts abbekommen.

Sie gingen zum Fluss und säuberten die Wunden.

„Zum Glück sind das nur oberflächliche Verletzungen", sagte Belana.

„Lasst uns schnell verschwinden", schlug Enya vor. „Denn vielleicht ist das hier der Nistplatz der Fledermäuse, den sie verteidigen wollten."

„Aber seit wann sind Fledermäuse so aggressiv?“, überlegte Zerron laut. „In Blackpool gibt es ja auch welche, aber die sind total scheu.“

„Vielleicht waren das keine normalen Fledermäuse, sondern irgendwelche Mutationen“, erwiderte Belana. „Erinnert ihr euch an das riesige Biest in Wendora?“

Raven nickte. An diesen Wurm dachte er nur äußerst ungern zurück. Das widerliche Vieh war aus einem verstrahlten See gekrochen und hatte sie angegriffen, als sie auf dem Weg zu Enya und ihren Waters gewesen waren. Mit einem gut platzierten Schuss hatte Raven die Gefahr gebannt – der Pfeil, den er damals benutzt hatte, war mit einer massiven Sprengladung versehen gewesen. Er berichtete Enya von dieser unschönen Begegnung.

„Ein Grund mehr, von hier abzuhauen“, meinte sie.

Sie beeilten sich, die Fledermaushöhle so schnell wie möglich zu verlassen, und drangen tiefer in die Welt des Wassers vor.

Schließlich gelangten sie an einen großen, malerischen See. Durch viele kleine Löcher in der Höhlendecke fielen Lanzen aus Licht und ließen das glasklare Wasser funkeln. Büsche mit roten Beeren drängten sich am Ufer.

Linker Hand stand ein regelrechter Wald aus wunderschönen Stalaktiten und Stalagmiten. Manche waren wie Schlösser mit Türmchen und Zinnen geformt, andere wie Pagoden und wieder andere erinnerten Raven an Fabeltiere – so konnte er ein Pferd erkennen und einen Drachen.

Der Boden war eben, teils sandig, teils lehmig. Raven wollte gerade zu den anderen sagen, dass hier womöglich ein idealer Platz war, um eine Siedlung zu errichten, als er erstarrte.

In etwa fünfzig Metern Entfernung trat jetzt ein Mann hinter einem der Stalagmiten hervor. Er drehte ihnen den Rücken zu und beugte sich über irgendetwas am Ufer.

Sofort zog Raven die anderen hinter einen der Büsche.

Mit klopfendem Herzen bog Raven die Zweige auseinander. Wer war dieser Mann?

Er schien unbewaffnet und allein zu sein. Jetzt hob er den Kopf und schaute genau in ihre Richtung.

Ravens Herz setzte einen Schlag aus. Das war ...

Plötzlich spürte er Enya an seiner Seite. Sie tippte ihn an und deutete auf die Gestalt. Ihre Augen schwammen, ihre Lippen zitterten.

Raven war überwältigt. Denn der Mann war niemand anderer als Jordan. Ihr Vater! Wie oft hatte Raven das Foto von ihm angeschaut, das er in seiner Brusttasche aufbewahrte wie einen Schatz. Was für ein Glück! Was für ein tiefes, pures, echtes, wahres Glück. Er sprang auf und rannte mit Enya auf den Mann zu.

Jordans Gesicht drückte erst Misstrauen, dann grenzenlose Überraschung aus.

Erkennt er mich und Enya überhaupt?, schoss es Raven durch den Kopf. Immerhin waren viele Jahre vergangen, seitdem sie sich das letzte Mal gesehen hatten ... Raven war damals noch ein kleiner Junge gewesen!

Doch dann breitete sein Vater die Arme aus, und Raven hatte keinen Zweifel mehr daran, dass Jordan genau wusste, wer da gerade auf ihn zustürmte. Jordan freute sich, das konnte Raven sehen.

Enya und Raven fielen ihrem Vater in die Arme, und für einen kurzen Moment standen sie eng umschlungen da und schwiegen.

Raven spürte Jordans Herzschlag, dann hörte er ihn etwas sagen. Ganz leise, nicht mehr als ein Flüstern. Und dieses Flüstern war von Angst erfüllt.

Raven löste sich von seinem Vater und schaute ihn irritiert an.

„Oh nein“, sagte Jordan. Sein Blick war auf einen Punkt direkt hinter seinen Kindern gerichtet.

Raven verstand zunächst nicht, was los war. Doch als er sich umdrehte, sah er, wovor sein Vater solche Angst hatte.

Raven riss seinen Bogen hoch.

KASSANDRA

Raven zielte auf die Männer, die plötzlich hinter ihm, Enya, Zerron und Belana aufgetaucht waren: breitschultrige, muskelbepackte Krieger mit nackten Oberkörpern, die mit Tattoos übersät waren. Sie alle trugen große Schwerter aus dunklem Holz, in die scharfe Klingen aus einem glasähnlichen, funkelnden Material eingearbeitet waren.

„Nein, Raven, lass das!“, bat Jordan eindringlich.

Raven zögerte.

„Es ist besser, wenn du auf ihn hörst“, sagte einer der Krieger, der auf seiner Stirn ein blaues Dreieck hatte und der Anführer zu sein schien. „Sonst seid ihr tot.“

Raven ließ seine Waffe noch immer nicht sinken. Enya war an seiner Seite, die Hand auf der Harpune. Belana und Zerron, die inzwischen ihre Freunde erreicht hatten, waren ebenfalls kampfbereit.

„Bitte legt die Waffen weg!“, rief Jordan. Er klang panisch.

Raven rührte sich nicht. Seine Gedanken überschlugen sich. Wer waren diese Krieger? Was hatte sein Vater mit ihnen zu tun? Sollten er und seine Gefährten versuchen, die Krieger auszuschalten?

Die Feinde hatten nur Schwerter, er konnte sie womöglich auf Distanz halten und – wenn es sein musste und sie ihm keine andere Wahl ließen – einen nach dem anderen unschädlich machen.

„Du hast noch fünf Sekunden“, sagte eine ruhige Stimme hinter ihm.

Raven sah kurz über die Schulter. Verdammt, sie waren umzingelt!

Langsam ließ er den Bogen sinken. „Es hat keinen Sinn."

Enya, Belana und Zerron nickten.

„So ist das gut", sagte jetzt der Krieger mit dem blauen Dreieck.

Er ging an Jordan vorbei und gab ihm dabei einen Stoß, sodass er nach hinten taumelte und nur mit Mühe einen Sturz verhindern konnte.

Raven spürte, wie heißer Zorn in ihm aufloderte. Nun stand der Krieger direkt vor ihm und sah ihn von oben herab an. „Wer bist du und was hast du hier verloren, Kleiner? Und wer sind die anderen?"

Als Raven nicht sofort antwortete, verpasste ihm der Krieger eine Ohrfeige. Es war kein wirklich harter Schlag, eher ein Wischer. Ein Schlag, der Raven nicht umhauen, aber demütigen sollte.

Ravens Wange glühte. Hass ließ seine Augen schmal werden.

„Na, mach ich dich wütend?", sagte der Mann und kam noch dichter an Raven heran. „Willst du mit mir kämpfen? Ich bin bereit!"

Raven spannte jeden Muskel an.

Da spürte er Belanas Hand auf seiner Schulter. „Bleib ruhig", ermahnte sie ihn. „Es hat keinen Sinn."

„Die Hübsche hat vollkommen recht", knurrte der Krieger. „Siehst du das ein?"

Raven nickte widerstrebend.

„Sehr schön, du bist ja doch nicht so stur und dumm, wie du aussiehst. Du und deine Freunde, ihr werdet uns jetzt folgen. Im Hauptquartier werdet ihr schon auspacken. Aber vorher gebt ihr eure Waffen ab. Ist das klar?"

Raven warf dem Krieger den Bogen vor die Füße. Zerron, Enya und Belana legten ihre Waffen ebenfalls ab.

Der Anführer nickte seinen Leuten zu, die die Waffen einsammelten.

„Mitkommen", lautete sein nächster Befehl.

Dann wurden die Freunde zusammen mit Jordan von den etwa fünfzehn Kriegern in die Tiefen der Höhlenwelt getrieben.

Raven lief direkt neben seinem Vater.

„Was ist hier eigentlich ...", fing er an, aber er wurde sofort unterbrochen.

„Ruhe. Ihr redet nur dann, wenn wir es erlauben", ordnete der Anführer ihrer Feinde an.

Raven schwieg. Er konzentrierte sich auf das wenige, was er wusste – und das war mehr als traurig. Ihr Ziel, für das sie ihr Leben aufs Spiel gesetzt hatten, hatte sich als eine Falle entpuppt. Paxtonia schien in der Hand dieser Krieger mit den seltsamen Waffen zu sein, die im Sonnenlicht, das immer wieder durch die Löcher in der Höhlendecke fiel, geheimnisvoll funkelten. Manchmal schimmerten sie auch in den Farben des Regenbogens. Aber wer waren diese Männer? Wie stand sein Vater zu ihnen? Und wo brachten die fremden Krieger sie hin?

Er schaute zu Jordan hinüber. Sein Vater erwiderte seinen Blick. Er wirkte angespannt, aber über sein Gesicht huschte ein Lächeln, was Raven wenigstens etwas Kraft und Zuversicht gab. Immerhin hatte er Jordan gefunden. Und sie hatten wieder genug zu trinken. Wenn nur diese Krieger nicht wären ...

Er und seine Freunde mussten sich einen Überblick verschaffen und dann zuschlagen, sagte er sich. Immerhin schienen diese Männer sie nicht töten zu wollen, denn das hätten sie schon längst tun können.

Offenbar hatten sie etwas mit Raven und seinen Gefährten vor – nur was?

Während er darüber nachdachte, wurde der Weg immer breiter und plötzlich tauchten einige verstreute Häuser auf. Raven staunte, denn diese Gebäude waren keine einfachen Hütten, sondern wie Fachwerkhäuser aus Steinen und Holzbalken errichtet worden. Die meisten hatten zwei Stockwerke und ein Flachdach. Allerdings waren die Fenster nicht verglast.

Hinter einigen Fenstern sah Raven neugierige Augenpaare, doch wenn er zu erkennen versuchte, wer sie dort beobachtete, zogen sich die Gestalten sofort tiefer in das Gebäude zurück.

Schließlich erreichten die Krieger mit ihren Gefangenen eine riesige Höhle, deren Decke an gleich mehreren Stellen eingebrochen war, sodass die Sonne den gigantischen Hohlraum beleuchtete.

Vor ihnen lag ein kristallklarer See, der vom Nebenarm eines breiten Flusses gespeist wurde. Inmitten dieses Sees erhob sich eine Insel, auf der ein zweistöckiges, fensterloses Gebäude aus grob behauenen Steinen aufragte, das Raven an eine Festung erinnerte. Hinter der Festung waren weitere Gebäude zu sehen – es schien sich um eine Stadt zu handeln.

Die Krieger trieben Raven und die anderen über eine Brücke auf die Insel. An einem Tor standen zwei Wachen mit Pfeil und Bogen, die zur Seite traten und die Pforte öffneten.

Raven und seine Freunde wurden durch einen nüchternen und schmucklosen Gang getrieben, von dem mehrere Büros und Labore abgingen.

Dann erreichten sie ein weiteres Tor, das ebenfalls bewacht war. Auf ein Nicken des Anführers wurden zwei Flügeltüren geöffnet und gaben den Blick in einen Saal frei, der von zahllosen gleißenden Spots erhellt wurde. Das Licht im Saal wurde von hunderten von riesigen Spiegeln reflektiert.

Auf einem Podest saß hinter einem breiten Schreibtisch eine Frau in einem eng anliegenden schwarzen Overall, die Papiere studierte. Nun sah sie hoch und Raven schätzte, dass die Frau mit den silbergrauen Haaren im Alter seines Vaters war. Sie hatte ein längliches Gesicht mit hohen Wangenknochen, dunkle, ernste Augen und schmale Lippen. Die Nase war klein und spitz. Hochmütig und mit einer Spur von Neugier sah sie ihnen entgegen.

Der Krieger mit dem Dreieck auf der Stirn ging zu ihr, verneigte sich kurz und kreuzte die geballten Fäuste vor der breiten Brust. Dann flüsterte er ihr etwas zu.

Sie nickte. „Danke, Tarek.“ Sie gab ihm ein Zeichen, woraufhin sich der Krieger mit seinen Männern hinter den Gefährten aufbaute.

Raven ahnte, dass dieser Tarek und seine Leute sie keinen Moment aus den Augen lassen würden.

Nun stand die Frau auf und schien etwas sagen zu wollen, doch Jordan kam ihr zuvor: „Kassandra, ich bitte dich, lass sie in Ruhe. Es sind meine Kinder und ihre Freunde, sie haben nichts getan und …“

„Deine Kinder? Das ist ja wirklich interessant", unterbrach Kassandra ihn und hob die Augenbrauen. „Ich verstehe, dass du dich für sie starkmachst, Jordan, aber ich muss dir widersprechen. Wie mir mein General gerade mitgeteilt hat, scheinen die vier Spione zu sein. Außerdem sind sie alt genug, um allein für sich zu sprechen."

„Spione? Das ist doch absurd!", rief Jordan. „Ich kann dir versichern, dass sie ..."

Mit einer Handbewegung brachte sie ihn zum Schweigen und nickte stattdessen ihrem General aufmunternd zu.

„Herrin, wir haben die vier Spione bei einer Patrouille entdeckt, als sie in unser Reich eingedrungen sind", berichtete Tarek. „Wir hefteten uns an ihre Fersen und griffen zu, als sie auf Jordan trafen, der am Fluss arbeitete."

Raven ärgerte sich. Keiner von ihnen hatte bemerkt, dass sie beobachtet worden waren! Zum Glück schienen die Krieger aber nichts von Big T und Mysticon zu wissen.

Er fragte sich, warum die Krieger sie überhaupt in das Höhlensystem gelassen hatten. Warum hatten sie sie nicht gleich am Eingang verjagt?

„Ist das richtig?", fragte Kassandra und sah Raven direkt an.

„Ja, aber wir sind keine Spione", erwiderte er.

„Ach? Und was seid ihr dann? Seid ihr vielleicht die Vorhut oder der Spähtrupp einer fremden Armee, die mein Reich erobern will?"

„Nein!", rief Raven. „Wir wussten doch gar nicht, dass hier jemand lebt."

Die Herrin von Paxtonia lächelte. „Das hoffe ich. Denn das ist unser streng gehütetes Geheimnis. Und auch ihr werdet keine

Gelegenheit haben, uns zu verraten. Ihr werdet dieses Geheimnis ebenfalls für immer wahren."

Raven lief ein Schauer über den Rücken. Was meinte Kassandra damit?

„Was hast du vor?", fragte Belana. „Willst du uns umbringen?"

Kassandra stand auf und ging um den Tisch herum. „Nein", sagte sie. „Hier unten benötigen wir immer kluge Köpfe und Leute, die gut zupacken können, ohne viel zu fragen. Um einzuschätzen, ob ihr es wert seid, euch am Leben zu lassen, muss ich mehr über euch wissen. Also: Woher kommt ihr? Und vor allem: Was könnt ihr?"

Hinter Ravens Stirn wirbelten die Gedanken. Wer war diese Kassandra, vor der alle kuschten? Zweifellos war sie gefährlich und hatte ihn und seine Freunde und offenbar auch seinen Vater in der Hand. Jedenfalls im Moment. Auch wenn es ihm widerstrebte, so war es bestimmt das Beste, wenn sie sich mit Kassandra irgendwie arrangierten – und sei es nur, um Zeit zu gewinnen und sich im richtigen Augenblick gegen sie zu wenden. Also sollten sie sich erst einmal ein wenig nützlich machen und versuchen, Kassandra in Sicherheit zu wiegen ...

Raven stellte die anderen und sich selbst kurz vor. Dabei erwähnte er auch, dass er ein Jäger und Belana eine versierte Heilerin war, Zerron gut mit technischen Dingen umgehen konnte und Enya das Volk der Waters anführte. Dann berichtete er von den Röhrchen und den Kartenteilen, die Enya und er von Jordan bekommen hatten, sowie von ihrer Flucht aus Blackpool und ihrem gefahrvollen Weg nach Paxtonia.

Big T und Mysticon erwähnte Raven natürlich nicht. Schließlich hoffte er, dass die beiden noch nicht entdeckt und überwältigt worden waren. Dann könnten die beiden sie vielleicht aus den Klauen dieser Kassandra und ihrer Krieger befreien ...

Die Herrin von Paxtonia hörte ihm genau zu. Als Raven seinen Bericht beendet hatte, lächelte sie spöttisch. „Es scheint, als wärt ihr nicht völlig nutzlos."

Raven sah, wie sein Vater mit den Kiefern mahlte und die Fäuste ballte.

„Ihr sollt leben – zumindest vorerst. Willkommen in Paxtonia", sagte Kassandra mit eisiger Stimme. „Wir werden sehen, wie gut ihr euch in mein Reich einfügt."

Raven schauderte.

Kassandra setzte sich wieder hinter ihren Schreibtisch. „Jeder in Paxtonia hat seinen Platz. Seine Aufgabe. Nur so funktioniert es und nur so wurde mein Reich zu etwas wirklich Einzigartigem. Ich bin froh, dass Jordan mir diesen Ort gezeigt hat."

„Ja, leider", meinte er.

„Du ... du hast sie hierhergeführt?", platzte Enya heraus.

Jordan wirkte niedergeschlagen. „Nicht direkt. Sie war früher meine Assistentin und half mir als Geologin und Speläologin bei der Erforschung von Höhlensystemen. Sie war auch die Einzige, die davon wusste, dass ich diesen Ort entdeckt hatte."

Raven stutzte. Mysticon hatte ihnen in Blackpool gesagt, dass sein Vater niemandem etwas von Paxtonia erzählt hatte. Offenbar hatte Jordan doch eine Ausnahme gemacht – mit fatalen Folgen.

Raven rechnete damit, dass Kassandra seinen Vater erneut unterbrach, doch er irrte sich. Sie ließ ihn weitersprechen.

„Nach der großen Naturkatastrophe habe ich euch überall gesucht", fuhr Jordan fort und schaute zu Raven und Enya. „Als ich euch nicht finden konnte, floh ich hierher und hoffte, einen Ort des Friedens zu schaffen: Paxtonia. Ich versammelte andere Überlebende um mich, die wie ich an die Zukunft dieses Ortes glaubten. Architekten, Bauern, Ingenieure, Handwerker. Menschen mit Ideen und Visionen, mit Hoffnung und Idealen." Sein Blick fiel auf Kassandra. „Doch dann kam sie. Und sie kam nicht allein, sondern mit dieser Bande von Verbrechern."

Prompt erhielt er einen Schlag in den Rücken, sodass er sofort zu Boden ging. Tarek richtete die Spitze seines Schwerts auf Jordans Kehlkopf. „Noch ein falsches Wort, und es war dein letztes."

„Lass ihn in Ruhe!", schrie Raven.

Tarek wirbelte katzengleich herum und ließ die Klinge herabsausen. Der Angriff kam so schnell und präzise, dass Raven keine Chance hatte auszuweichen. Das Schwert zischte dicht an ihm vorbei und Ravens Herz setzte einen Schlag aus. Neben sich hörte er Jordan und seine Freunde schreien. Spy schoss wie ein Pfeil in die Höhe.

Der Krieger fixierte Raven. „Wenn du weiter den Mund aufreißt, ziele ich nicht mehr absichtlich daneben, sondern hacke dich, deinen Vater, deine Freunde und deinen Vogel in Stücke."

„Schon gut, Tarek, es reicht", kommandierte Kassandra und der Krieger gehorchte. „Wir brauchen sie noch. Vor allem Jordan. Um dessen brillanten Kopf wäre es wirklich schade."

Sie wandte sich an Raven, Belana, Enya und Zerron: „Seine Aufgabe ist es, das weit verzweigte Höhlengebiet weiter zu erforschen. Er soll neue Siedlungsplätze finden. Wir haben noch viele andere Wissenschaftler, die sich zum Beispiel um alternative Energien kümmern. Wir produzieren unseren Strom selbst, indem wir die Wasserkraft nutzen."

Daher die Labore und Büros, dachte Raven.

„Wir wollen, dass unsere Stadt unter der Erde expandiert. Im Moment leben in Paxtonia rund eintausend Menschen, doch wir haben eine erfreulich hohe Geburtenrate", sagte Kassandra. „Außerdem verirren sich hin und wieder Leute hierher. Aber jeder, der hier geboren wird oder nach Paxtonia kommt und sich als würdig und nützlich erweist, bleibt bei uns und kann nie wieder fort – bis auf einige wenige Ausnahmen. Wir dürfen nicht das Risiko eingehen, dass jemand die Lage von Paxtonia verrät und wir zum Ziel von Angriffen werden."

Raven nickte kaum merklich. Deswegen wurde auch sein Vater hier seit Jahren festgehalten ... Er musste wieder an Big T und Mysticon denken. Wie gut, dass sie Tarek und seinen Kriegern offenbar noch nicht in die Hände gefallen waren.

„Wir haben hier ein Paradies geschaffen, das wir mit allen Mitteln verteidigen", fuhr die Herrin von Paxtonia fort.

„Ein Paradies mit einigen Schwächen", sagte Jordan, der sich wieder aufgerappelt hatte.

Kassandra winkte ab. „Nein, mit einer gewissen Ordnung und Disziplin. Ohne diese würde alles zerfallen."

Jordan lachte spöttisch. „Ordnung und Disziplin? Was du hier mithilfe von Tarek und den anderen Kriegern verbreitest, ist Angst, Kassandra. Nichts als Angst."

„Na und? Ich mag Angst", erwiderte sie. „Die Angst der anderen jedenfalls. Angst ist eine mächtige Triebfeder. Und sie ist nützlich, weil sie reguliert und kontrolliert. Ohne Angst vor Konsequenzen würde doch jeder tun, was er will. Anarchie und Chaos würden herrschen. Die Angst ist der Wächter der Regeln. Sie gewährt Schutz."

Raven verdrehte die Augen.

Nun wandte sich Kassandra an ihn, Enya, Zerron und Belana: „Auch ihr werdet diesen Ort nie wieder verlassen. Paxtonia kann eure neue Heimat werden, wenn ihr euch gut benehmt. Jeder Ausbruchsversuch wird jedoch mit dem Tod bestraft ..."

Raven schaute zu seinem Vater. Jordan wirkte so wütend und traurig. Raven ahnte was in ihm vorging: Jetzt war die kleine Familie zwar endlich wieder zusammen, aber unter welchen Umständen? Sie waren Gefangene. Gefangene ... auch seine Freunde in Blackpool waren gefangen. Was sollte jetzt aus den Deserts werden, die sicher völlig verzweifelt auf seine Rückkehr warteten, damit Raven ihnen den Weg nach Paxtonia zeigte?

„Ich werde euch jetzt durch eure neue Heimat führen", sagte Kassandra und erhob sich.

Die Freunde liefen mit Jordan, Kassandra, Tarek und vier weiteren Kriegern, die jetzt offenbar als eine Art Leibgarde fungierten, in die hinter der Festung liegende Stadt.

Kassandra führte sie durch schmale Gassen mit kleinen, einfachen Häusern. Überall verliefen Wasserleitungen, die an römische

Aquädukte erinnerten. Sie mündeten in große Verteilerbecken, die über den Häusern thronten. Von dort wurde das Wasser über Fallrohre zu den Häusern geleitet.

Die Gruppe erreichte einen Marktplatz, auf den die Sonne durch ein riesiges Loch in der Höhlendecke fiel. Genau in der Mitte des Platzes gab es einen Brunnen. Um ihn herum befanden sich ein paar Stände, in denen Gemüse und Fisch angeboten wurden.

Raven merkte, wie hungrig und durstig er war. Plötzlich verstummten alle Gespräche um ihn herum. Es herrschte eine angespannte Ruhe. Sobald sich Kassandra mit ihren Bodyguards näherte, hörten die Menschen auf zu reden und wichen ehrfürchtig zurück – wie im Mittelalter, wenn eine Königin sich die Ehre gab, ein Dorf zu besuchen. Die Leute verneigten sich, aber sie taten das nicht mit einem freudigen Lächeln im Gesicht, sondern mit versteinerten Mienen. Sie schienen sich nicht gerne zu verneigen, sondern weil sie es tun mussten.

Im Hintergrund, in Türöffnungen oder im Schatten eines Gebäudes, standen immer wieder mal unscheinbare Männer in schlichten Hemden und Hosen, die alles im Auge zu behalten schienen.

„Ist das eine Art Geheimpolizei?", fragte Raven leise seinen Vater, der neben ihm lief.

„Ja", sagte er. „Diese Typen haben ihre Augen und Ohren überall. Sie bekommen alles mit und sind ganz üble Spitzel. Nimm dich vor ihnen in Acht."

Kassandra schritt über den Marktplatz, und nun kamen sie an Geschäften vorbei, in denen es technische Geräte zu kaufen gab.

Woher kommen diese Dinge?, überlegte Raven. Das werden die Leute hier wohl kaum selbst herstellen können. Gibt es Händler, die Paxtonia beliefern? Nein, denn diese Händler würden dann die Lage des gelobten Landes kennen ... und genau das wollte Kassandra ja verhindern.

Ein anderer Gedanke kam ihm und er stellte seinem Vater ganz leise die nächste Frage: „Schickt Kassandra ihre Krieger los, damit sie Städte überfallen und ausplündern? Oder woher stammen diese Geräte?"

„Nein", erwiderte Jordan. „Kassandra schickt einige Leute aus der Stadt los, damit sie Waren in anderen Dörfern eintauschen. Ihre Familien hält sie als Geiseln. So stellt Kassandra sicher, dass diese Männer nicht zu fliehen versuchen."

Raven schüttelte den Kopf. Unfassbar ...

„Hier seht ihr unsere Stadtverwaltung!", rief Kassandra jetzt und deutete auf ein besonders großes Gebäude mit einer breiten, geschwungenen Treppe davor. „Unser Rathaus!"

Jordan trat noch dichter an seinen Sohn heran und flüsterte: „Der Bürgermeister und die Stadträte sind reine Marionetten. Sie werden von ihr ernannt und tun das, was Kassandra befiehlt. Lass dich nicht blenden. Hier gibt es keine Demokratie, keine Wahlen und nur eine Partei – die von Kassandra."

„Das dachte ich mir schon", erwiderte Raven ebenso leise. Er hatte ein flaues Gefühl im Magen – und zwar nicht nur, weil er Hunger hatte.

Sie liefen immer weiter. Die Stadt war ein wahres Labyrinth aus Gassen und Gebäuden, Bächen und Flüssen sowie den allgegenwärtigen Wasserleitungen. Als Nächstes zeigte Kassandra ihnen eine Schule, die sogar über einen Sportplatz verfügte. Daran schloss sich ein großer Wasserspielplatz an, auf dem jedoch keine Kinder zu sehen waren.

Raven wollte seinem Vater gerade die nächste Frage stellen, als es hinter ihnen eine gewaltige Explosion gab. Sie wirbelten herum und sahen, wie ein besonders großes Verteilerbecken in sich zusammenkrachte. Schwere Steintrümmer flogen umher, landeten in den umliegenden Dächern wie Kanonenkugeln und brachten sie zum Einsturz. Gleichzeitig drückten gewaltige Wassermassen in die schmale Gasse. Schäumend bahnte sich die Flut ihren Weg und riss alles mit.

Raven hörte, wie Kassandra gellend schrie, als das Wasser auf sie zuschoss.

GEHEIME INFORMATIONEN

Tarek packte die Herrin von Paxtonia wie eine Puppe und zog sie in das nächstbeste Haus.

Raven, sein Vater, Enya und seine Freunde folgten ihrem Beispiel. Sie hetzten eine Treppe hinauf in den ersten Stock, während das Wasser durch die Haustür ins Erdgeschoss strömte.

Raven blickte in die Gasse hinunter. Die, die es nicht mehr geschafft hatten, sich in Sicherheit zu bringen, trieben hilflos in den Fluten und versuchten, sich irgendwo festzuklammern. Aus dem gegenüberliegenden Haus warf jemand ein Seil herunter, das eine junge Frau zu fassen bekam. Schnell wurde sie aus dem Wasser gezogen.

Raven schaute zu Kassandra, die aus einem anderen Fenster spähte. Ihr Gesicht drückte Wut und Fassungslosigkeit aus.

„Diese elenden feigen Bastarde!", zischte sie.

„Das war der vierte Anschlag in den letzten Wochen", meinte Tarek neben ihr, die Hand auf dem Knauf seines Schwertes.

Kassandra nickte nur.

Ein Anschlag? Fragend sah Raven zu seinem Vater. Doch der schüttelte kaum merklich den Kopf und formte mit den Lippen das Wort „später".

Nun starrte Raven wieder aus dem Fenster und erkannte, dass der Druck des Wassers unvermittelt nachließ. Der Pegel fiel rapide, bis das Wasser nur noch wenige Zentimeter hoch durch die Straße floss.

„Ein Arbeitertrupp muss sofort zum Becken und die Zuleitung verschließen", ordnete Kassandra an. „Dann wird das Becken neu gebaut. In fünf Tagen muss es fertig sein, denn es ist das wichtigste Becken für die Südstadt. Und du, Tarek, suchst mit deinen Männern nach diesen verdammten Terroristen! Bringt sie zu mir. Aber ich will mindestens einen von ihnen lebend. Mit den anderen könnt ihr machen, was ihr wollt."

Tarek strich über die furchterregende Waffe. „Ich werde sofort einen Suchtrupp zusammenstellen."

Während zwei Leibwächter zum Schutz von Kassandra zurückblieben, rannte er mit den anderen beiden Kriegern los.

Raven beobachtete, wie sie aus dem Haus und in Richtung der Festung stürmten. In der Gasse lagen noch einige Verwundete. Andere Bewohner kümmerten sich um sie.

„Ich ... ich verstehe mich ein wenig auf die Heilkunst", bot Belana an und deutete auf ihre Tasche. „Ich könnte helfen."

Kassandra schmunzelte. „Nein, wir haben selbst gute Ärzte. Wir brauchen deine Hilfe nicht."

Belanas Gesicht wurde hart wie Granit.

„Und jetzt will ich zurück ins Hauptquartier", sagte die Herrin von Paxtonia. „Unsere Besucher kommen ins Gästehaus. Sofort. Morgen werde ich bestimmen, wie und wo sie sich nützlich machen sollen. Aber jetzt habe ich Wichtigeres zu erledigen. Dieser Terror muss aufhören."

Kurze Zeit später befanden sich Raven, Belana, Enya und Zerron in einem nüchternen Flachbau in der Nähe der Insel, auf der Kassandras Festung stand. Man wies ihnen ein Apartment mit zwei Schlafzimmern, einer kleinen Küche und einem Bad zu.

Was für ein Luxus!, dachte Raven.

Jordan durfte bei ihnen bleiben, und nachdem die Freunde ausgiebig geduscht und sich gestärkt hatten, saßen sie in der Küche an einem groben Holztisch zusammen. Vor ihnen standen Becher mit kühlem, quellfrischem Wasser, von dem Raven nicht genug bekommen konnte. Auch für Spy hatte er ein Schälchen gefüllt. Die Krähe stolzierte um die Schale herum und versenkte immer wieder ihren Schnabel darin.

Raven und Enya saßen rechts und links von ihrem Vater – so dicht, dass sich ihre Schultern berührten.

Jordan breitete die Arme aus und zog die beiden an sich. Dann drückte er ihnen jeweils einen Kuss aufs Haar. Tränen rollten über seine Wangen. „Ich bin so glücklich, so unfassbar glücklich, dass ihr lebt und jetzt bei mir seid“, sagte er. „Ich hatte die Hoffnung, euch je wiederzusehen, schon aufgegeben.“

„Wie gut, dass du uns damals die Karte gegeben hast“, meinte Enya.

„Ja, und wie gut, dass ich dich gefunden habe, damit wir sie zusammensetzen konnten“, ergänzte Raven.

„Ihr müsst mir unbedingt alles erzählen“, bat Jordan. „Wie ist es euch in den letzten Jahren ergangen?“

Zwei Stunden vergingen, in denen die Zwillinge berichteten – Enya von ihrem Leben auf der Bohrinsel und Raven von Blackpool. Auch Belana und Zerron steuerten immer wieder Einzelheiten bei.

Schließlich kam Raven auf Mysticon zu sprechen: „Er war es, der mir verriet, was es mit dem Röhrchen auf sich hat.“

„Mysticon? Wer ist das?“, fragte sein Vater.

„Wahrscheinlich ist das nicht sein richtiger Name“, erwiderte Raven. „Er hat behauptet, dass er dich sehr gut kennt ...“

Dann erzählte er alles, was Mysticon ihnen damals im Bunker gesagt hatte.

Plötzlich lächelte Jordan. „Mysticon ... von wegen! Der Mann heißt Julian von Hartenstein. Klingt natürlich nicht so spannend wie Mysticon. Wir haben uns an der Universität kennengelernt – er ging dann aber in die Wirtschaft, und ich verschrieb mich ganz der Geologie und der Speläologie. Wir blieben in lockerem Kontakt. Julian war immer ein sehr ehrgeiziger Typ. Und ziemlich trinkfest. Als diese Naturkatastrophe über uns alle hereinbrach, war er gerade zu Besuch bei uns im Haus ... Danach wurden wir auseinandergerissen. Seitdem habe ich von Julian oder Mysticon nie wieder etwas gehört. Wo ist er jetzt?“

Raven berichtete, dass Mysticon und Big T bei den Fahrzeugen wachten.

„Oh, ihr wart zu sechst?“, fragte Jordan überrascht.

„Eigentlich zu siebt“, antwortete Raven traurig. „Einer unserer Freunde, er heißt Dippy, wurde in einem Sandsturm von uns getrennt. Seitdem ist er vermisst.“

Enya nickte. „Wie befürchten, dass er tot ist.“

Wieder sah Raven vor seinem geistigen Auge die kleine Gestalt während des Überfalls der Sledgehammer.

„Hoffentlich finden Tarek und die anderen Krieger die beiden nicht“, sagte Jordan.

„Was sind das eigentlich für Schwerter, die diese Typen benutzen?“, fragte Zerron. „Ich habe so etwas noch nie gesehen.“

„Es gibt eine Menge Schätze in Paxtonia", erklärte Jordan. „Nicht nur Wasser, sondern auch Edelsteine und Obsidian – und ebendieses Obsidian wird in die Schwerter eingearbeitet."

Zerrons Gesicht war ein einziges Fragezeichen. „Obsidian?"

„Das ist ein vulkanisches Gesteinsglas. Schon die Azteken verwendeten das Material für ihre legendären Macuahuitl, ihre Obsidianschwerter. In diese Waffen wurden rasiermesserscharfe Scherben oder Splitter von Obsidian eingearbeitet. Damals wie heute eine fürchterliche Waffe." Jordan machte eine kurze Pause, bevor er fortfuhr: „Kassandra zwingt einen Großteil unserer Leute, die Edelsteine und das Obsidian abzubauen. Diese Menschen sind nichts als Sklaven. Mein Gott, was ist nur aus Paxtonia geworden? Wir hatten so große Pläne ..."

„Erzähl", bat Belana.

„Wie ich vorhin schon sagte, hofften wir anfangs, in Paxtonia ganz neu anfangen und eine friedliche Welt schaffen zu können. Wir waren etwa zweihundert Leute. Zunächst ließ es sich auch gut an. Wir schufen einen Rat, in den jeder hineingewählt werden konnte, und stimmten gemeinsam ab, wer was zu erledigen hatte. Doch dann kam Kassandra mit dieser Bande. Sie überfielen uns, rissen die Macht an sich und unterjochten uns. Jetzt hat Kassandra dank Tarek und den anderen ihr treu ergebenen Kriegern die uneingeschränkte Kontrolle über Paxtonia und ein diktatorisches Regime aufgebaut, in dem nur eine Meinung zählt: ihre eigene. Sie zwingt einen Großteil der Leute in die Minen. Und während Kassandra im Luxus schwelgt, leben die meisten von uns in Armut. Ihre Boten, deren Familien Kassandra als Geiseln hält, bringen die

Edelsteine und das Obsidian zu den Märkten in den umliegenden oberirdischen Städten, in denen sich noch etwas Leben regt, und tauschen es gegen Dinge ein, die auch in Paxtonia rar sind: Gemüse, Obst, aber auch Kleidung oder Elektroartikel. Ein Teil landet auf dem Markt, doch das meiste reißt sich Kassandra unter den Nagel."

„Aber offenbar regt sich Widerstand", warf Belana ein. „Kassandra sprach vorhin von einem Anschlag ..."

Jordan nickte und senkte seine Stimme zu einem Flüstern. „Oh ja! Etwa zwanzig Bewohner konnten entkommen. Sie haben sich hier unten irgendwo in dem riesigen und unübersichtlichen Labyrinth versteckt. Diese Widerstandsgruppe verübt immer wieder Anschläge oder Sabotageakte, um Kassandra zu schwächen. Bisher waren es eher kleine Nadelstiche. Doch es gibt Gerüchte, dass sie einen größeren Aufstand vorbereiten."

„Können wir uns den Leuten nicht anschließen?", wollte Raven wissen.

Jordan ließ die Schultern hängen. „Theoretisch ja. Ich habe das auch schon überlegt ..." Er suchte nach Worten. „Ich bin kein großer Krieger, Raven. Ich bin Wissenschaftler. Forscher. Es tut mir leid, wenn ich dich enttäusche, aber ich bin vielleicht einfach auch zu feige."

„Nein", sagte Raven schnell. „Du bist nicht feige. Du bist nur vorsichtig, weil du leben willst. Dafür muss sich niemand entschuldigen."

Jordan lächelte schwach. „Richtig. Außerdem ist es schwierig, hier überhaupt irgendetwas unbemerkt zu tun. Kassandra unterhält eine Art Geheimpolizei, wie ich ja schon sagte. Du hast die Typen vorhin selbst gesehen. Man muss gut aufpassen, wem man etwas anvertraut. Natürlich hat sie auch eine Menge Soldaten ..."

„Wie viele sind es?", wollte Raven wissen.

„Etwa einhundert, die ihr blind ergeben sind, weil sie entweder an sie glauben oder sich gut von ihr bezahlen lassen. Oder beides", erwiderte sein Vater.

Einhundert, dachte Raven. Verdammt viele, wenn man bedenkt, dass hier unten insgesamt nur tausend Leute leben.

„Und genau deshalb will ich auch nicht, dass ihr euch den Partisanen anschließt", fuhr Jordan fort. „Es könnte euch das Leben kosten und ich will euch nicht verlieren, nachdem wir uns endlich wiedergefunden haben. Das gilt auch für euch beide, Zerron und Belana. Und vergesst nicht: Das sind nur zwanzig Leute. Ich bezweifle, dass sie eine Chance gegen Kassandra und ihre Truppen haben."

„Kennst du die Partisanen?", fragte Belana.

„Der Anführer der Partisanen heißt Modorok. Er ist ein Ingenieur, mit dem ich früher eng zusammengearbeitet habe. Ein aufrechter Typ, der nie ein Blatt vor den Mund genommen hat. Einer, auf den man hört. Der geborene Anführer eben. Das hat natürlich auch Kassandra gemerkt. Sie ahnte, dass Modorok ihr gefährlich werden könnte, und versuchte, ihn auszuschalten, doch Modorok gelang zusammen mit ein paar Freunden die Flucht. Einer von ihnen ist Erik, der ein bisschen durchgeknallt ist", ergänzte Jordan. „Tarek und den anderen ist es bisher nicht gelungen, Modorok und seine Leute zu schnappen, und ich hoffe, dass sie auch diesmal entwischen können."

„Das hoffe ich auch. Aber mal was ganz anderes: Gibt es eine Möglichkeit, von hier zu fliehen?“, fragte Raven.

„Ja“, rief Belana. „Wir hauen ab, schlagen uns zu Big T und Mysticon durch und holen Verstärkung aus Blackpool. Und dann befreien wir Paxtonia.“

„Langsam, langsam“, ermahnte Jordan sie. „Ich habe natürlich auch schon mit dem Gedanken gespielt, aus Paxtonia zu fliehen. Aber ihr habt Kassandra gehört: Ein Fluchtversuch wird mit dem Tod bestraft. Und glaubt mir: Das ist keine leere Drohung, das meint sie ernst. Ich will nicht, dass ihr euer Leben riskiert.“

„Aber welche Alternative haben wir?“ Belana sah in die Runde.

„Na, welche schon?“, fragte Enya mit leicht spöttischem Unterton. „Wir könnten uns hier arrangieren …“

Belana schnappte nach Luft. „Wie bitte? Was ist mit Hank und den anderen? Die warten auf uns!“

„Schau mich nicht so an, als hätte ich sie nicht mehr alle“, meinte Enya. „Wenn es so einfach wäre, von hier zu fliehen, dann hätte Jordan es längst getan. Wenn die uns auf der Flucht schnappen, bringen sie uns um. Also könnten wir auch versuchen, mit Kassandra klarzukommen.“

„Niemals!“, rief Belana wütend.

„Nicht so voreilig“, sagte Enya. „Hier gibt es alles, was wir brauchen: Nahrung und Wasser zum Beispiel. Wir machen uns nützlich und könnten ein ganz gutes Leben führen, glaube ich.“

Belana tippte sich an die Stirn. „Was wäre das denn bitte schön für ein Leben? Jedes falsche Wort wird bestraft! Wir wären vermutlich Kassandras Sklaven, wie die meisten hier. Du kannst dich doch nicht für ein Glas Wasser, einen Brocken Fleisch oder eine Schale Obst kaufen lassen!"

Da schlug Enya auf den Tisch. „Wer sagt, dass ich mich kaufen lasse? Aber im Gegensatz zu dir bin ich vernünftig genug, nicht blind ins Verderben zu rennen. Ich will leben, hörst du, Belana: leben! Und wenn ich dafür das eine oder andere in Kauf nehmen muss, dann ist das eben so!"

„Da haben wir es: Du verkaufst dich und deine Ideale, falls du jemals welche besessen hast!", schrie Belana.

Enyas Gesicht verfärbte sich vor Ärger. „Na toll, welche Ideale hast du denn? Wie hast du in Blackpool gelebt? Ging es da nicht auch ums pure Überleben?"

„Blackpool? Da fällt mir deine Ölplattform ein, Enya", zischte Belana. „Dort warten deine Leute auf dich. Du hast versprochen, sie nach Paxtonia zu führen. Und was machst du? Du lässt sie im Stich!"

Sie stritten weiter, während Raven sehr nachdenklich wurde. Auf die Möglichkeit, sich mit Kassandra zu arrangieren, wäre er niemals selbst gekommen. Andererseits hatte seine Schwester nicht unrecht: Wenn sie auf der sicheren Seite sein wollten, mussten sie genau das tun.

Aber Raven zog diese Idee nur für ein paar Sekunden in Betracht, dann schlug er sich auf Belanas Seite. „Allein wegen Hank und den anderen, die sich in diesem elenden Bunker in Blackpool verkrochen haben, können wir gar nicht anders, als die Flucht aus Paxtonia zu riskieren. Alles andere wäre Verrat. Ein Verrat mit tödlichen Folgen für unsere Freunde, denen irgendwann die Vorräte ausgehen."

„Schluss jetzt“, sagte Jordan in einem Tonfall, der keinen Widerspruch duldete, und alle verstummten. „Es gibt eigentlich nur zwei Zugänge zu Paxtonia, die – wie ich schon sagte – natürlich gut bewacht sind …“

„Da muss ich kurz einhaken“, unterbrach Raven ihn. „Ich frage mich nämlich schon die ganze Zeit, wieso die Krieger uns nicht gleich am Eingang zur Höhle abgefangen und angegriffen haben, um uns zu verjagen. Wieso haben sie uns überhaupt reingelassen?“

Jordan seufzte. „Du hast ja Kassandra gehört: Sie braucht hier unten immer kluge Köpfe oder Leute, die wenigstens große Muskeln haben und in den Minen arbeiten können. Daher darf zunächst einmal jeder hinein. Doch jeder Schritt wird überwacht. So war es bei euch auch. Aber es gibt kein Zurück … Nun zu den Eingängen. Es gibt womöglich noch einen dritten …“

„Welchen?“, fragte Raven atemlos.

„Ich vermute, dass er sich bei Kassandras Hauptquartier befindet. Dort, wo der Nebenarm des Flusses in den See mündet. Das Wasser fließt hinter dem Hauptquartier durch einen unterirdischen Felsdurchbruch ab. Sonst würde der See ja aufgestaut und die Insel überflutet. Ich habe diese Stelle bei einer meiner Expeditionen im Auftrag von Kassandra entdeckt. Dieses Loch hat einen Durchmesser von gut zwei Metern. Dahinter liegt ein komplett mit Wasser gefüllter Stollen. Wenn man da hindurchtauchen würde, könnte man vielleicht aus Paxtonia entkommen …“

Raven schloss die Augen. Ein Tunnel, randvoll mit Wasser. Vermutlich stockdunkel. Man hat keine Ahnung, wie lang der Stollen ist und ob man es hindurchschafft oder ob man darin ertrinkt, weil man nicht mehr genug Luft in den Lungen hat. Vielleicht will man unterwegs umkehren, weil einem klar wird, dass man das andere Ende nicht erreichen kann, aber für den Rückweg reicht der Atem nicht aus ...

Seit Raven als kleiner Junge im Meer um sein Leben gekämpft hatte und von den Wellen wieder und wieder wie einen Ball herumgeworfen worden war, stieg Panik in ihm auf, sobald er auch nur an eine ähnliche Situation dachte.

„Wow, das wäre irre. Das müssen wir ausprobieren!“, sagte Zerron spontan.

Jordan hob abwehrend die Hände. „Vorsicht. Das wäre extrem riskant, weil ich nicht abschätzen kann, wie lange man unter Wasser bleiben muss, um durch diesen Tunnel zu schwimmen. Ich fürchte, dass ...“

Jemand bollerte an die Tür, die fast im selben Moment aufgerissen wurde. Sofort verstummte Jordan.

Einer der Krieger betrat den Raum und forderte Jordan auf, ihm zu folgen. „Kassandra will dich sehen. Los!“

Jordan erhob sich und folgte dem Krieger. „Bis später. Hoffentlich“, sagte er zum Abschied.

Als die Freunde unter sich waren, entbrannte sofort wieder eine heiße Diskussion über Enyas Vorschlag, sich mit der Situation zu arrangieren.

„Lieber ersaufe ich in diesem Tunnel“, meinte Belana.

Enya schnaufte verächtlich. „Wenn du so blöd bist, dann kann ich es nicht ändern.“

Belana sah aus, als wäre sie Enya am liebsten an die Gurgel gegangen.

In dem Moment pochte es erneut an der Tür, diesmal jedoch wesentlich leiser.

Die Tür wurde geöffnet und ein schlankes Mädchen, das etwa vierzehn Jahre alt sein mochte, trat ein. Es trug ein großes Tablett in den Händen, auf dem alle möglichen Köstlichkeiten lagen: Fisch, Brot, Käse und Obst. Sofort lief Raven das Wasser im Mund zusammen.

„Hi, ich bin Joleen", sagte das Mädchen, aber alle waren so auf das Essen fixiert, dass es kaum beachtet wurde.

Raven nahm sich einen Apfel.

Das Mädchen schaute ihn an und sagte mit einer leisen, sehr klaren Stimme: „Du bist Jordans Sohn, habe ich gehört."

„Ja, stimmt." Nun sah er Joleen direkt an.

Sie war zierlich, wirkte dabei allerdings nicht schwach, sondern durchtrainiert. Ihr langes Haar war so dunkel wie ihre wachsamen Augen. Ihre Lippen waren schmal, die Nase spitz und klein.

Jetzt trat ein bitterer Ausdruck in ihre Augen. „Willkommen in Paxtonia, dem Land ohne Rückfahrkarte."

„Bist du schon lange hier?", fragte Raven und versuchte, das Schmatzen der anderen zu ignorieren.

„Ja" Ein trauriges Lächeln zierte ihr schmales Gesicht. „Seit ich denken kann. Ich war drei Jahre alt, als ich mit meinen Eltern hierherkam."

„Und seitdem macht ihr euch in Paxtonia nützlich, wie Kassandra sagen würde?"

Sie nickte. „Ich schon. Ich bin so eine Art Dienstmädchen."

„Und deine Eltern? Was machen die?"

„Nichts … mehr", sagte Joleen, während ihre Augen noch dunkler wurden und Raven an zwei schwarze Seen erinnerten. Als sie Ravens fragenden Blick bemerkte, ergänzte sie: „Sie sind beide tot."

DAS URTEIL

Der Bunker lag im trüben Licht der wenigen Lampen. Hank hing in seinem Rollstuhl. Er war allein und brütete vor sich hin. Die Lage wurde immer aussichtsloser.

Mia hatte zwar Erfolg gehabt bei ihrem kleinen Raubzug. Sie hatte die Händler bestehlen können und es zurück zu den Verzweifelten, die in diesem Loch festsaßen, geschafft. Und das, obwohl ein Köter ihr an die Gurgel hatte gehen wollen.

Stolz hatte Mia berichtet, wie sie dem bissigen Biest ein Holzscheit, das zufällig in dem Raum lag, um die Ohren gehauen hatte, bis der Hund winselnd das Weite gesucht hatte.

Mia war mit vollen Taschen zurückgekehrt, aber hier gab es einfach zu viele hungrige Mäuler, die gestopft werden wollten, dachte Hank.

Mias Erfolg war nicht mehr als ein Tropfen auf den heißen Stein. Spätestens in zwei Tagen musste sich jemand von ihnen freiwillig für ein weiteres Himmelfahrtskommando in die Reihen der Sledgehammer melden – oder das Los hatte zu entscheiden, so wie beim letzten Mal, als es Mia und den nervösen Ticker getroffen hatte.

Ticker litt noch unter seiner Verletzung. Sein Bein war dort, wo ihn der Hammer getroffen hatte, grün und blau und stark geschwollen. Er jammerte den ganzen Tag und machte alle verrückt.

Hank rieb seine hohlen, mit Bartstoppeln übersäten Wangen und ließ den Kopf hängen. Gab es einen Gott?, fragte er sich. Hier in der zerstörten Stadt Blackpool in den Darklands, dieser endlosen Wüste? Gab es ihn? Und wenn ja, sah er das elende Häuflein verzweifelter Seelen, die sich in diesem Bunker verkrochen hatten und hofften? Die hofften und vielleicht auch beteten, dass Raven und seine Freunde zurückkehren und ihnen den Weg weisen würden – hinaus aus den Trümmern, hinaus aus der Gefahr, hinaus aus dem Dreck, hinaus aus dem Schmerz? Und falls dieser Gott das alles sah, wie würde er reagieren? Würde er überhaupt reagieren, würde er ihnen helfen?

Hank war kein besonders gläubiger Mensch. Er hatte sich verändert, nachdem die Katastrophe über die Welt hereingebrochen war und alles vernichtet hatte. Fast alles. Es gibt ja noch mich, einen Krüppel im Rollstuhl, dachte er bitter. Und die anderen natürlich, die sich ans Leben klammerten – mit einer verzweifelten Hoffnung, die allmählich schwand wie das Licht einer erlöschenden Kerze im Wind.

Draußen wurden Stimmen laut. Hank hob den Kopf.

Die Tür ging auf, und Ben, ein schlaksiger 16-Jähriger mit rotem Schopf, wurde hineingestoßen. Er ging vor Hank zu Boden. Dann stürmten der große Pete sowie Mia und alle anderen Deserts herein. Der Raum war im Nu überfüllt.

„Was soll das?", knurrte Hank und blickte Pete direkt an.

Pete war nicht besonders clever und ein jähzorniger und mitunter brutaler Typ. Auf der anderen Seite war er absolut zuverlässig.

„Er hat mir mein Wasser gestohlen!" Pete trat Ben in die Seite, sodass er sich zusammenkrümmte.

„Hör sofort auf damit!", befahl Hank und sagte zu Ben: „Steh auf."

Mit schmerzverzerrtem Gesicht kam Ben hoch.

„Ist das wahr?", fragte Hank und schaute ihn an.

Doch Ben wich seinem Blick aus und schwieg.

„Jetzt sag was!"

Ben fixierte irgendeine Stelle an der Wand hinter Hank und hielt weiter die Klappe.

„Ich habe ihn dabei erwischt!", rief Pete. „Ich war gerade auf der Toilette. Als ich zurückkam, hockte Ben an meinem Lager und hatte meine Flasche an den Lippen."

„Gibt es dafür weitere Zeugen?", fragte Hank. Hinter seiner Stirn überschlugen sich die Gedanken. Wenn Ben wirklich Wasser gestohlen hatte, so war das eines der schwersten Verbrechen. Wasser war streng rationiert und das kostbarste Gut, das sie besaßen. Wer es einem anderen wegnahm, dem drohten die härtesten Konsequenzen ...

„Traust du mir nicht?", fragte Pete warnend. „Wenn ich sage, dass er mein Wasser gestohlen hat, dann ist das verdammt noch mal auch so! Ich erfinde das doch nicht! Oder willst du damit andeuten, dass ich ein Lügner bin?"

„Nein, schon gut, schon gut", meinte Hank. „Reg dich ab." Er wandte sich wieder an Ben. „Es würde die Sache vereinfachen, wenn du endlich mal etwas zu deiner Verteidigung vorbringen würdest."

„Verteidigung? Wozu? Das Urteil ist doch bereits gefällt!", rief Ben weinerlich.

„Nein", widersprach Hank. „Ich will erst hören, was du dazu zu sagen hast. Stimmt es, was Pete behauptet?"

„Natürlich", meinte Pete. „Ich habe es ..."

„Halt den Mund", würgte Hank ihn ab. Er sah, dass Pete noch wütender wurde. In seinen Augen glomm ein gefährliches Feuer.

Hank war klar, dass Pete Rache für den Diebstahl wollte. Außerdem fand er es bestimmt nicht besonders spaßig, dass Hank ihm vor allen Leuten über den Mund fuhr. Jetzt war keine Zeit für Diskussionen.

„Zum letzten Mal, Ben: Stimmen die Vorwürfe?"

Und jetzt – endlich – nickte Ben langsam. Sofort wurde er von allen Seiten beleidigt, während Pete zufrieden nickte.

Jemand stieß Ben in den Rücken, sodass er schwankte wie ein dürrer Baum im Sturm. Aber er ging nicht erneut auf die Knie.

„Schluss damit!", befahl Hank. Er hob die Hände und es kehrte wieder Ruhe ein – jedoch nicht lange.

„Du musst ihn bestrafen", verlangte Pete. „Hart bestrafen!"

„Genau!", rief ein Mädchen namens Violetta.

Andere stimmten in den Chor ein und es herrschte eine ausgesprochen aggressive Stimmung. Hank stellte sich lieber nicht vor, was sie Ben antun würden, wenn er – Hank – nicht im Raum wäre.

Was sollte er mit Ben machen? Klar, er musste ihn bestrafen. Er war der Anführer und notfalls auch der Richter. Nur wie sollte er Ben bestrafen? Sollte er ihn einsperren wie in einem Gefängnis? Lächerlich! Sie waren hier ja bereits in einer Art Knast. Sollte er Ben das wenige wegnehmen, was er besaß? Nein. Keiner der Deserts besaß etwas Wertvolles, abgesehen von der eigenen knappen Wasserration, der einen oder anderen Waffe oder einem Fahrzeug. Aber die Fahrzeuge konnten sie im Moment ohnehin nicht benutzen und die Waffen würden sie brauchen, falls die Sledgehammer sie entdecken sollten.

Es blieb also nur rohe, nackte Gewalt. Bei dem Gedanken schauderte Hank. Wie sollte das aussehen? Sollte er Ben zusammenschlagen lassen? Pete würde das gerne übernehmen, das sah Hank ihm an.

Doch das kam für ihn nicht infrage. Es war eine harte, brutale Welt, in der sie leben mussten, aber es gab noch einen Funken Anstand, einen Rest Zivilisation. Auch und gerade hier in diesem dunklen, dreckigen Bunker.

Andererseits musste er Ben irgendwie zur Rechenschaft ziehen. Denn wenn Hank nichts unternahm oder ein zu lasches Urteil sprach, würden andere der Deserts vermutlich ebenfalls zu Dieben, weil sie keine harte Strafe zu befürchten hatten. Dann drohten Chaos, der Zerfall ihrer Gemeinschaft und damit ihr Untergang.

Während die anderen weiter wild durcheinanderredeten, grübelte Hank vor sich hin. Er war in der Zwickmühle.

Doch plötzlich kam ihm eine Idee. Er atmete tief durch. Das war es!

„Hört mal her!“, rief er und sofort waren alle Blicke auf ihn gerichtet. „Ich weiß, was wir mit Ben machen.“

„Da bin ich ja mal gespannt“, sagte Pete und ließ die Knöchel seiner Finger knacken.

Ben warf Hank einen ängstlichen Blick zu, wie ein Hund, der sich unter der gehobenen, schlagbereiten Hand duckt.

„Ben wird den Schaden wiedergutmachen, indem er in den nächsten drei Nächten auf Diebestour zu den Händlern geht.“

Ben wurde blass.

Die anderen nickten zustimmend.

„Alles, was du erbeutest, wirst du der Gruppe geben", fuhr Hank fort. „Zuerst Pete, dann dem Rest. Du selbst wirst nichts davon behalten. Deine dir täglich zustehende Ration bekommst du natürlich, mehr allerdings nicht."

Hank blickte Pete an. „Das sollte auch dir reichen, oder?"

Pete überlegte einen Moment, bevor er sagte: „Okay, aber Ben soll nicht auf die Idee kommen, mit leeren Händen zurückzukehren. Dann breche ich ihm alle Knochen."

„Das wirst du nicht. Zumindest so lange nicht, bis du von mir dazu den entsprechenden Befehl bekommst", stellte Hank klar und wandte sich an Ben. „Bist du bereit, oder soll ich Pete eine andere Lösung vorschlagen lassen?"

„N-nein", sagte Ben schnell. „Ich mach es. Wann?"

Hank schaute auf seine altmodische Armbanduhr mit dem gesprungenen Glas. „Kurz vor Mitternacht. Los, raus mit dir."

Ben wurde noch eine Spur blasser. „Was, jetzt sofort?"

„Ja, jetzt sofort."

Ben wählte denselben Weg, den auch Mia und Ticker bei ihrem Raubzug genommen hatten: Er quetschte sich durch den Lüftungsschacht und glitt wenig später geduckt durch die Trümmerberge von Blackpool. Auf dem Rücken hatte er einen großen, leeren Rucksack, in der Hand eine Machete – Bens bevorzugte Waffe.

Leer und verlassen lagen die größtenteils verfallenen Gebäude vor ihm. Auch in den mit Schutt übersäten Straßen war niemand zu sehen – außer einer Ratte, die in irgendein Loch am Bordsteinrand huschte.

Ben atmete auf. Er lief auf das Viertel der Händler zu, wobei er immer wieder die Straßenseite wechselte und hinter Trümmern oder einem ausgebrannten Autowrack in Deckung ging. Dort verharrte er einen Moment und peilte die Lage, bevor sich weiter vorwagte. Schließlich konnte überall einer der Sledgehammer lauern.

Doch Ben sah nach wie vor keine Menschenseele und war schon fast euphorisch. So einfach hatte er sich das nicht vorgestellt. Je weiter er kam, umso mehr vernachlässigte er die Deckung. Einmal rannte er im hellen Mondlicht sogar mitten auf der Straße. Er würde das ganz schnell hinter sich bringen und morgen denselben, offenbar unbewachten Weg wählen.

Als Ben um eine Ecke schoss, blieb sein Herz für einen Moment stehen. Hinter einem Motorrad mit Beiwagen stand ein junger Mann mit einer glimmenden Zigarette in der einen und einem Wurfhammer in der anderen Hand.

Ein Sledgehammer. Mit jagendem Puls presste sich Ben an die Mauer und verschmolz mit dem Schatten, den sie warf.

Er lauschte in die Nacht. Ein aggressiver Heavy-Metal-Beat drang an seine Ohren.

Ben vermutete, dass der Typ Wache schieben musste und sich ein wenig die Zeit vertreiben wollte. Es war seltsam, dass er allein war. Normalerweise waren die Sledgehammer immer mindestens zu zweit unterwegs.

Ben schlüpfte durch ein Loch in der Wand in das Haus.

Hier war es ziemlich dunkel, aber Ben wagte es nicht, die Taschenlampe anzumachen. Er wollte durch das Gebäude pirschen und so an dem Wachposten vorbeigelangen.

Mit weit ausgestreckten Händen tastete sich Ben vorwärts. Einmal spürte er ein Stück Metall, dann ein Kabel. Schließlich stieß er mit dem Fuß gegen irgendeine Unebenheit im Boden, stolperte und wäre fast gestürzt. Ben fluchte leise und biss sich sofort auf die Lippen.

Er lauschte ... Nichts. Sehr gut. Also lief er weiter.

Nun sah er ganz schwach einen Umriss. Das mochte der Hinterausgang sein: ein Rahmen, in dem die Tür fehlte.

Türen waren in Blackpool eher selten. Waren sie aus Holz, hatte man sie längst verfeuert. Waren sie hingegen aus Metall, waren sie garantiert eingeschmolzen oder als Panzerung in ein Fahrzeug eingebaut worden. Nur die Dinger aus Plastik gab es noch hin und wieder. Dafür hatte kaum jemand Verwendung.

Vorsichtig steuerte Ben auf die Tür zu. Mit nach wie vor ausgestreckten Fingern berührte er plötzlich etwas und stoppte. Sein Atem ging stoßweise.

Was war das?

Das war kein Metall, es war auch kein Stein oder Holz ... das war ... Stoff. Lähmendes Entsetzen überfiel ihn.

Vor ihm musste ein Mensch stehen, verborgen in der Finsternis. Reflexartig schlug Ben mit der Machete zu. Doch jemand fiel ihm in den Arm und drückte die rasiermesserscharfe Waffe nach unten. Der Griff glich einem Schraubstock und drohte sein Handgelenk zu zerquetschen.

Schreiend ließ Ben die Machete fallen.

„So mag ich das", knurrte jemand und packte ihn im Genick. Dann wurde Ben aus dem Haus auf die Straße gezerrt.

„He, wen bringst du denn da?", rief der andere Typ und machte die Musik aus, die aus einer Box an seinem Motorrad kam.

„Der Kleine hat mich beim Pinkeln stören wollen!" Der erste Sledgehammer lachte und rammte Ben die Faust in den Nacken, sodass er vor den Füßen des zweiten Kriegers im Dreck landete.

Der bückte sich und riss Ben an den Haaren hoch. „Das könnte doch einer dieser Deserts sein. Was für ein Fang!"

Ben wand sich in seinem stählernen Griff.

„Halt still und beantworte mir meine Frage, du Nichts: Gehörst du zu den Deserts?"

Ben zappelte, er trat und schlug um sich. Aber er sagte kein Wort.

„Jetzt reicht es!", meinte der Sledgehammer, der Ben aus dem Haus gezerrt hatte, und begann mit seinem Komplizen auf Ben einzuprügeln.

Ben brach unter dem Gewitter der Schläge und Tritte zusammen. Wieder landete er im Staub der Straße. Der Schmerz explodierte hinter seiner Stirn, doch dann überkam ihn eine Woge der Bewusstlosigkeit, die die Schmerzen verblassen ließ und ihn einhüllte wie ein warmes, weiches Tuch.

Das Letzte, was er hörte, waren die Sätze: „Wir bringen ihn zum Boss. Der wird schon die Wahrheit aus ihm rausholen. Bestimmt wird uns der Kleine hier verraten, wo sich die anderen dieser Ratten verkrochen haben."

Am frühen Morgen begann Hank, sich ernsthaft Sorgen zu machen. Auch wenn Ben sehr vorsichtig gewesen war und viel Zeit gebraucht haben sollte, um zu den Lagerhäusern der Händler zu gelangen, so hätte er trotzdem längst wieder hier sein müssen.

Hank sah auf die alte Uhr mit dem kaputten Glas. Halb sieben. Draußen schien die Sonne, so wie jeden Tag in Blackpool – ohne den Schutz der Dunkelheit würde Ben unmöglich in den Bunker zurückkehren können.

Es gab eigentlich nur zwei Möglichkeiten. Entweder war Ben geschnappt worden. Dann würden die Sledgehammer ihm so lange zusetzen, bis er das Versteck der Deserts verriet. Daran gab es keinen Zweifel. Diese Mistkerle kannten keine Gnade, kein Mitleid. Sie würden Ben zum Sprechen bringen.

Oder er war zu den Sledgehammern übergelaufen, weil er Hanks Strafe für ungerecht hielt und sich auf diese Weise rächen wollte ... und so würde Ben auch der Folter entgehen.

Ganz gleich, für welche Variante sich Ben auch entschied, ob er den dornenreichen und heldenhaften Weg wählte oder den bequemen und schmerzfreien: Es gab ein Problem für die Deserts. Ein verdammt großes Problem. Denn so oder so würden die Sledgehammer erfahren, wo sich die Deserts verkrochen hatten – und dann würden sie kommen, um Hank und seinen Freunden den Rest zu geben.

Hank wollte seine Leute schützen, sie in Sicherheit bringen, ein neues Versteck finden. Schließlich war er der Anführer. Nur wie sollte er das anstellen?

Er schluckte. Wie viel Zeit blieb ihnen noch? Waren die Sledgehammer schon unterwegs?

Er dachte fieberhaft nach, während die Uhr gnadenlos tickte.

Hanks Finger ruhten auf den Lehnen des Rollstuhls wie auf einer Klaviatur und trommelten kaum hörbare, feine Wirbel.

Plötzlich stahl sich ein Lächeln auf sein Gesicht. Er hatte eine Idee. Ja, dieser Plan war komplett durchgeknallt. Aber wenn sie es schafften, wären sie an einem Ort, an dem die Sledgehammer sie niemals vermuten würden …

DIE PARTISANEN

Leise ging Raven in die Küche zwischen den beiden Schlafräumen. Er wollte die anderen nicht wecken.

Der Gedanke an Big T und Mysticon ließ ihn nicht los. Wie ging es den beiden, vor allem aber seinem Freund Big T? Waren sie in Sicherheit? Raven hoffte es. Schließlich hatte sein Vater berichtet, dass die Wächter erst zuschlugen, sobald jemand ihr Reich betreten hatte. Doch Big T und Mysticon befanden sich außerhalb von Paxtonia. Zum Glück war der Platz, wo sie die Fahrzeuge abgestellt hatten, vor neugierigen Blicken gut geschützt.

Aber vielleicht waren die beiden ungeduldig geworden, nachdem Enya, Belana, Zerron und er nicht zurückgekehrt waren. Womöglich machten sie sich Sorgen und waren aufgebrochen, um das Höhlensystem selbst unter die Lupe zu nehmen.

Oder waren Big T und Mysticon misstrauisch geworden? Glaubten sie etwa, dass sich ihre Freunde im Reich des Überflusses abgesetzt hatten, um nicht mit ihnen teilen zu müssen? Bei Big T konnte Raven sich das nicht vorstellen, wohl aber bei Mysticon. Hatte Mysticon Big T aufgehetzt und ihn schließlich überredet, sich in den Höhlen umzuschauen? Dann wären die beiden eine leichte Beute für Tarek und seine Krieger … Hm, dachte Raven, nicht sehr wahrscheinlich. Denn wenn die Krieger Big T und Mysticon wirklich geschnappt hätten, hätten sie bestimmt davon gehört.

Aber was war mit den Sledgehammern? Waren sie ihnen vielleicht doch gefolgt und hatten Big T und Mysticon überwältigt?

Da fiel Ravens Blick auf den Kühlschrank und er konnte nicht anders, als ihn zu öffnen.

Was für ein Luxus! Das Ding war prall gefüllt mit Dingen, von denen Raven in Blackpool nur hatte träumen dürfen. Es gab Gemüse, Fisch, Eier und Milch. Neben dem Kühlschrank stand eine große Schale mit Orangen, Bananen und Äpfeln. Auch das Obst hatte für Raven absoluten Seltenheitswert.

„Nicht schlecht, oder?", meinte Enya, die gerade hereingekommen war.

Raven drehte sich zu ihr um. „Oh ja", sagte er und lächelte. Ungeschickt begann er damit, eine Orange zu schälen.

Seine Schwester setzte sich an den Tisch und fuhr sich durch die nassen Haare. Offenbar hatte sie gerade geduscht.

„Gib mir mal einen Apfel", bat sie ihn.

Raven warf ihr einen zu und Enya biss hinein.

„Köstlich", sagte sie und legte die Füße auf den Tisch. Dabei beobachtete sie ihren Bruder, der sich noch mit der Orange abmühte.

Endlich konnte Raven seine Zähne in das saftige Fruchtfleisch graben und den süßen Saft genießen.

„Ich glaube wirklich, dass man es hier aushalten kann", sagte Enya.

Nun kamen auch Belana und Zerron herein. Belana ging zu Raven und hauchte ihm einen Kuss auf die Wange. Eine warme Woge durchflutete ihn von den Haar- bis zu den Fußspitzen.

„Ach ja, und zu welchem Preis?", fragte Belana Enya. Offenbar hatte sie deren letzten Satz mitbekommen.

„Wie meinst du das?", fragte Enya.

„Du glaubst doch nicht im Ernst, dass wir das alles umsonst bekommen", erwiderte Belana.

„Wollt ihr auch einen Apfel?“, fragte Raven freundlich und hielt Belana und Zerron je ein besonders großes Exemplar hin. Er spürte, dass sich die Stimmung schon wieder negativ auflud, und wollte gegensteuern.

„Klar, gerne!“, rief Zerron und fing den Apfel, den Raven ihm zuwarf.

Belana schüttelte den Kopf, fuhr aber in einem ruhigen Ton fort: „Wir werden dafür bezahlen müssen. Für jeden Apfel, für jede Orange. Kassandra ist doch niemand, der etwas verschenkt. Sie erwartet garantiert eine Gegenleistung.“

„Und wenn schon“, meinte Enya. „Lasst uns doch erst einmal abwarten, was sie von uns will. Dann können wir immer noch entscheiden, was wir tun.“

„Du hast doch deine Entscheidung längst getroffen“, sagte Belana leicht verächtlich. In ihrer Stimme schwang schon wieder leise Wut mit, auch wenn Raven spürte, dass sie sich für ihn zusammenreißen wollte.

Enya musterte sie kühl. „Du weißt nichts über mich.“

Belana wollte gerade etwas entgegnen, als die Tür aufging und einer der Krieger erschien.

„Kassandra will mit euch reden. Kommt mit“, sagte er und stapfte los.

Raven schob sich die Reste der Orange in den Mund und folgte ihm mit den anderen und Spy.

Was wollte Kassandra von ihnen?, fragte er sich. Sie mit Big T und Mysticon konfrontieren, die gerade gefangen genommen worden waren? Oder ging es nur um die Arbeit, die Kassandra ihnen aufhalsen wollte? Den Preis, wie Belana es vermutlich genannt hätte.

Die Herrin von Paxtonia saß wieder hinter ihrem Schreibtisch – und sie war allein, bis auf zwei Leibwächter. Hier waren kein Big T und kein Mysticon. Raven atmete auf.

„Guten Morgen", sagte Kassandra und korrigierte sich im selben Atemzug. „Wobei ‚gut' vielleicht nicht der richtige Ausdruck ist, solange diese feigen Attentäter noch frei herumlaufen. Aber Tarek wird nicht ruhen, bis er sie zur Strecke gebracht hat und mir ihre Köpfe bringt."

Raven wechselte einen Blick mit Belana. Sie deutete ein Lächeln an und schien sich genau wie Raven darüber zu freuen, dass man die Partisanen nicht geschnappt hatte.

„Aber nun zu euch", meinte Kassandra. „Wie ich schon erwähnt habe, werdet ihr euch in Paxtonia nützlich machen. Da ich ungefähr weiß, wo eure Stärken liegen, werdet ihr Folgendes tun, um …"

„Da bin ich ja mal gespannt", meinte Belana und lachte.

„Ich bin es nicht gewohnt, dass man mich unterbricht", fuhr Kassandra sie an. „Also halt den Mund."

„Nein. Ich rede, wenn es mir passt", erwiderte Belana kühn.

Raven schloss die Augen. Er hatte Belanas Mut und Stolz schon immer bewundert, doch jetzt wäre es zweifellos klüger, sich zurückzuhalten beziehungsweise einfach zu schweigen.

Die Herrin von Paxtonia legte die Hände zusammen, als wollte sie beten, und sagte äußerst bestimmt: „Du wirst mir jetzt zuhören und ruhig sein, sonst werde ich dafür sorgen, dass du nie wieder sprechen kannst."

Belana wirkte einen Moment lang unentschlossen, dann nickte sie kaum merklich.

„Sehr schön, ich sehe, wir verstehen uns." Kassandra klang nun fast fröhlich. Sie blickte zu Raven. „Du willst ein guter Jäger sein. Also wirst du auf die Jagd gehen und mit deinen Pfeilen Fische erlegen. Wir werden sehen, was du wirklich draufhast." Dann kamen Zerron und Enya an die Reihe: „Da du dich ganz gut mit technischen Dingen auskennst, Zerron, wirst du beim Bauen der Häuser helfen. Und du, Enya, wirst zu meinem Beraterstab gehören."

Enya fiel fast die Kinnlade herunter. „Ich?"

Auch Raven war überrascht, während Belana nur wissend lächelte.

„Ja, du", bestätigte die Herrin von Paxtonia. „Schließlich hast du doch die Waters angeführt. Du scheinst wie ich jemand zu sein, der gerne Verantwortung und Führungsaufgaben übernimmt."

Raven beobachtete seine Schwester. Die erste Verwunderung war gewichen. Jetzt wirkte Enya sichtlich geschmeichelt. Das war auch Belana nicht entgangen, die nur den Kopf schüttelte.

„In Ordnung", sagte Enya zu Kassandra.

Belanas Lippen formten das Wort „Verräterin".

Raven war mit dieser Entscheidung ebenfalls nicht glücklich. Offenbar wollte Kassandra seine Schwester mit diesem verantwortungsvollen Posten für sich gewinnen. Oder wollte sie einfach nur einen Keil in die kleine Gruppe treiben und Neid und Misstrauen säen?

„Und nun zu dir“, meinte Kassandra und fixierte Belana. „Ich weiß nicht, ob du überhaupt etwas kannst, außer ungefragt den Mund aufzumachen. Aber folgender Job wird dich wohl nicht überfordern: Du unterstützt unsere Reinigungskolonne.“

„Was? Ich soll den Müll von anderen aufsammeln?“

Die Herrin von Paxtonia strahlte sie an: „Genau das!“

Es schien Kassandra größte Freude zu bereiten, Belana zu erniedrigen.

Raven musterte seine Freundin. Sie schaute Kassandra trotzig an. Ihre Kiefer mahlten und Raven fragte sich, ob sich Belana würde beherrschen können.

Schließlich senkte Belana den Kopf. Sie hatte diesen Machtkampf verloren, sie gab – zumindest für den Moment – nach. Doch Raven kannte Belana gut genug, um zu wissen, dass das nur Taktik war. Belana war nicht in der Position, einen Aufstand zu proben. Jedenfalls jetzt nicht.

„Nachdem dies zur allgemeinen Zufriedenheit geklärt ist, macht ihr euch sofort an die Arbeit. Enya wird bei mir bleiben und Zerron wird dabei helfen, ein defektes Rohr in meinem Hauptquartier zu reparieren. Raven, du gehst auf die Jagd. Dafür erhältst du deinen Bogen und ein paar deiner Pfeile zurück. Solltest du auch nur auf die Idee kommen, den Bogen gegen einen von uns einzusetzen, wirst du beten, niemals geboren worden zu sein. Ach, da ist ja noch Belana. Die nächste Kolonne startet in zehn Minuten und wird das Zentrum reinigen. Man wird dir zeigen, was du zu tun hast. Viel Erfolg!“

Ein Krieger brachte Raven und Belana vor die Festung. Raven

trug seinen Bogen mit ein paar Pfeilen sowie ein Netz. Belana hatte einen Besen und einen Metalleimer in den Händen.

Auf dem Weg konnten Raven und Belana heimlich ein paar Worte wechseln. Belana war empört, dass Enya sich mit dem angenehmen Posten kaufen ließ, wie sie es ausdrückte.

„Ich werde lieber diese Partisanen unterstützen oder fliehen“, flüsterte sie.

„Ich auch. Schließlich will ich zu meinem Wort stehen und unsere Leute in Blackpool nicht im Stich lassen“, erwiderte er ebenso leise. „Außerdem warten da draußen immer noch Big T und Mysticon auf uns.“

Nun standen sie vor der Festung.

„Warte hier auf die anderen Putzteufel“, sagte der Krieger zu Belana und lachte. Dann ließ er einen Fetzen Papier fallen. „Heb das auf, Kleine. Ist nur zur Übung.“

„Nein“, lautete Belanas Antwort.

„Hä?“

„Nein“, wiederholte Belana und ignorierte Ravens warnenden Blick.

Der Krieger schlug zu, doch sein Fausthieb war eher lasch. Zu lasch für eine erfahrene Kämpferin wie Belana, die sich einfach duckte und dem Mann den Besenstiel wie eine Lanze vor die Brust rammte, sodass dieser zurücktaumelte.

„Was fällt dir ein, du dreckiges Miststück?“, brüllte er und zog sein Schwert.

Blitzschnell setzte Belana nach und schlug ihm den Eimer mit solcher Wucht auf die Hand, dass er sein Schwert fallen ließ.

Jetzt zielte Belana mit dem Stiel auf sein Gesicht. „Leg dich nie wieder mit mir an. Und deinen Müll hebst du selbst auf. Ist das klar?“

In diesem Moment kamen drei Männer in grauer Kleidung, die einen kleinen Karren mit mehreren Müllbehältern vor sich herschoben.

„Das sind deine Kollegen“, knurrte der Krieger. „Dein Glück. Sonst hätte ich dich in Stücke geschnitten.“

Belana lachte ihn aus und schloss sich den anderen an.

Kurz darauf war Raven mit Spy allein unterwegs. Die Krähe kurvte über seinem Kopf, während Raven dem Fluss folgte.

War er wirklich allein? Schwer vorstellbar, dachte Raven. Dafür war Kassandra doch viel zu misstrauisch ...

Er drehte sich abrupt um. Niemand war zu sehen. Dennoch beschloss Raven, auf der Hut zu sein.

Er lief weiter und gelangte in einen düsteren Tunnel. Schließlich kam er an eine Art Kreuzung, und da entdeckte Raven eine Nische in der Wand – und hatte eine Idee. Er drückte sich hinein und verschmolz mit der Dunkelheit. Spy hockte sich neben seine Füße.

Raven lauschte mit klopfendem Herzen.

Es vergingen keine zwei Minuten, bis er Schritte hörte. Raven drückte sich noch tiefer in die Nische und wagte nicht mehr zu atmen. Plötzlich glitt ein Schatten an ihm vorbei.

Das hatte Raven sich schon gedacht: Kassandra hatte ihm einen Spitzel hinterhergeschickt!

Jetzt blieb der Mann an der Kreuzung stehen, schaute in beide Richtungen und entschied sich schließlich, dem linken Weg zu folgen.

Raven wartete einen Moment, dann verließ er sein Versteck und lief an der Kreuzung nach rechts. Immer wieder drehte er sich um, aber von seinem Verfolger war nichts mehr zu sehen.

Schließlich fand Raven ein größeres Wasserbecken, das von groben Steinblöcken umgeben war. Er kletterte hinauf und hatte von hier oben einen guten Blick hinunter aufs Wasser. Es war kristallklar, und so konnte er rasch Beute ausmachen.

Kurz darauf erlegte Raven einen Fisch, der mindestens einen halben Meter lang war. Er stieg vom Felsen und watete ins Wasser. Mit dem Netz fischte er die Beute heraus, die sich als erfreulich schwer entpuppte.

Nachdem er zwei weitere Fische erbeutet hatte, ging er weiter und folgte dem Lauf des Flusses. Dabei kreisten seine Gedanken um die Freunde. Es gefiel ihm gar nicht, dass sie nicht mehr zusammen waren. Er spazierte hier allein mit Spy herum, Belana war mit der Putzkolonne unterwegs, Enya und Zerron gingen ihren Aufgaben in der Festung nach, während Big T und Mysticon sich vermutlich die Beine in den Bauch standen und grübelten, wo Raven und die anderen blieben.

Außerdem hatte es Kassandra geschafft, dass Enya und Belana sich noch weiter voneinander entfernt hatten.

Es wäre sicher gut, wenn er mehr mit seinem Vater reden könnte. Raven vermisste ihn, sie hatten bisher viel zu wenig Zeit füreinander gehabt. Außerdem wusste Jordan noch am ehesten, wie die Flucht gelingen konnte. Es musste ja nicht gerade dieser mit

Wasser gefüllte Stollen sein, dachte Raven. Vielleicht gab es doch noch einen anderen Weg nach draußen?

Nachdenklich ging er weiter, den Bogen über der einen Schulter, das Netz über der anderen. Ohne es zu merken, drang Raven tiefer und tiefer in die unterirdische Welt vor. Eine halbe Stunde verging. Seinen eigentlichen Auftrag – zu jagen – hatte er längst aus den Augen verloren.

Wo war sein Vater überhaupt gerade? Streifte er wie Raven durch diese faszinierende Welt, um sie im Auftrag von Kassandra zu erkunden? Eine Welt, die so schön war, aber gleichzeitig auch ein Gefängnis, ein Ort der Unterdrückung.

Raven dachte an Belana. Hoffentlich konnte sie ihr Temperament zügeln, ihre Wut über die ihr übertragene Drecksarbeit in den Griff bekommen. Und was war mit Enya, die von Kassandra regelrecht umschmeichelt wurde? Wie kam sie mit der neuen Rolle klar? Genoss Enya es, wurde sie womöglich zu Kassandras Komplizin oder machte sie nur gute Miene zum bösen Spiel? Vielleicht wollte sie Kassandra einlullen und in Sicherheit wiegen, weil sie etwas ganz anderes vorhatte – ein Attentat vielleicht. Ja, das wäre gut! Und wenn …

Raven schnellte zurück, als eine Axt dicht an seinem Kopf vorbeiflog und sich wenige Meter vor ihm in das sandige Ufer des Flusses grub. Er ließ das Netz fallen und griff nach Pfeil und Bogen. In dieser Sekunde bekam er einen heftigen Schlag in den Rücken, der ihn förmlich nach vorn katapultierte und neben der Axt im feuchten Sand landen ließ.

Jemand sprang auf ihn und drückte ihm irgendeinen harten

Gegenstand an den Hinterkopf. „Ganz ruhig, dann geschieht dir nichts, du Wurm“, zischte eine Stimme.

Raven gehorchte notgedrungen, während Spy laut krächzend um ihn herumflog.

Nun tauchte ein Paar dreckverkrusteter Stiefel vor Ravens Nase auf. „Lass ihn los und vor allem: Lass ihn am Leben. Jedenfalls erst einmal“, sagte eine orgelnde Bassstimme, die, wie Raven vermutete, zu dem Mann gehörte, der die dreckigen Stiefel trug.

Der andere Kerl glitt von Raven herunter und zog ihn hoch.

Der Mann mit der tiefen Stimme war Mitte vierzig, sehr groß, breitschultrig und hatte ein eckiges Gesicht mit einem Kinn wie ein Felsvorsprung. Seine dichten schwarzen Haare fielen ihm bis auf die Schultern. Hinter ihm standen ungefähr zwanzig weitere Männer, die alle Waffen trugen: primitive Steinäxte und Messer.

Nun kam auch der Typ hinter Ravens Rücken hervor: ein kleiner Mann mit Dreitagebart und verschlagenem Blick. Er war unglaublich dreckig. „Warum so zimperlich, Modorok?“, fragte er mit näselnder Stimme.

Modorok? Er war den Partisanen offenbar direkt in die Arme gelaufen! Oder hatten sie ihn beobachtet und nur auf einen günstigen Moment gewartet, um ihn zu überfallen?

„Ich will erst wissen, wer er ist“, sagte der Anführer der Partisanen ruhig.

„Wer soll der schon sein? Ein Späher von Kassandra. Nun hat er uns entdeckt“, sagte der Kleine. „Also müssen wir ihn töten.“ Seine Mundwinkel zuckten. „Darf ich es tun?“

„Nein, lasst ihn“, erklang in diesem Moment eine helle Stimme.

Raven sah an Modorok vorbei. Ein Mädchen kam mit festen Schritten auf sie zu. Es war Joleen.

„Ich kenne ihn“, sagte sie, als sie die kleine Gruppe erreicht hatte.

„Na und?“, sagte der Kleine. „Überlass ihn mir, Modorok. Und den nervigen Piepmatz ebenfalls.“

„Halt den Mund, Erik“, befahl der Anführer und nickte Joleen aufmunternd zu.

„Das ist Raven. Er und seine drei Freunde wurden gestern von Kassandras Kriegern geschnappt“, berichtete Joleen. „Er ist der Sohn von Jordan ...“

„Wie bitte?“, fragte Modorok überrascht. „Wieso erfahre ich das erst jetzt?“

„Du weißt doch, dass Kassandra uns überwacht“, erwiderte Joleen. „Ich kann nicht jederzeit einfach zu euch spazieren! Ich muss immer einen günstigen Moment abwarten.“

„Schon gut“, meinte Modorok. „Weiter!“

„Raven dient Kassandra nicht freiwillig“, fuhr Joleen fort. „Genau wie sein Vater wird er dazu gezwungen.“

Raven ergriff die Chance, selbst etwas zu seiner Verteidigung vorzubringen: „Völlig richtig. Ich will fliehen und meine Freunde wollen das auch. Natürlich ist mein Vater auf unserer Seite.“

„Jordan ist ein guter und kluger Mann“, sagte Modorok. Seine tiefe Stimme klang nun sanft. „Ihm fehlt nur der Mut, sich uns anzuschließen und zu kämpfen.“ Er klopfte Raven auf die Schulter. „Du kannst von Glück reden, dass er dein Vater ist – und dass Joleen gerade aufgetaucht ist.“

„Heißt das, dass wir ihn am Leben lassen?", fragte der kleine Erik enttäuscht.

„Genau das. Er könnte uns noch nützlich sein", antwortete Modorok. „Immerhin hat er einen Bogen."

Raven atmete tief durch. „Ja, nicht nur das. Ich habe auch ein paar sehr gute Leute – und außerdem ein paar Fahrzeuge draußen vor den Höhlen."

Modorok schürzte die Lippen. „Hm, das klingt interessant ..."

Raven nickte. „Ich nehme an, für die Explosion gestern wart ihr verantwortlich?"

Der Anführer deutete ein Lächeln an. „Natürlich. Es war uns ein Vergnügen."

Raven schaute zu Joleen. „Und du?"

„Nicht direkt", erwiderte sie. „Ich bin eine Art Kurier. Ich informiere Modorok und die anderen darüber, was in der Stadt vor sich geht. Ich nenne ihnen mögliche Ziele und sage ihnen, wann sie am besten zuschlagen können."

Modorok nickte. „Joleen macht ihre Sache sehr gut. Sie ist unser Auge in der Stadt, seitdem wir geflohen sind und uns hier verstecken. Wir kommen zwar nicht aus Paxtonia raus, weil die Ausgänge zu gut bewacht sind, aber immerhin können wir Kassandra das Leben schwer machen. Das gestern war erst der Anfang ..."

„Das habe ich schon gehört", sagte Raven. „Mein Vater erwähnte, dass es einen größeren Aufstand geben soll."

„Sicher."

„Und wann?"

„Noch heute Abend“, sagte Modorok. „Und du wirst auf unserer Seite kämpfen – oder sterben.“

DER PLAN

Können wir kurz unter vier Augen reden?", bat Raven Modorok.

„Warum nicht? Aber ich habe nicht viel Zeit."

Raven nickte.

Die beiden entfernten sich etwas von der Gruppe. Als sie außer Hörweite der anderen waren, fragte Raven: „Was genau habt ihr vor? Wie sieht euer Plan aus?"

Modorok runzelte die Stirn. „Warum sollte ich dir das sagen?"

„Weil ich und meine Leute euch helfen sollen. Du möchtest doch, dass wir euch unterstützen. Und da liegt es wohl auf der Hand, dass ich wissen will, was du vorhast beziehungsweise wie groß das Risiko ist."

Modorok deutete ein Lächeln an. „Das klingt, als hättest du eine Wahl. Die hast du aber nicht."

Raven sah ihn ernst an. „Okay. Aber es wäre ein Zeichen des Vertrauens, wenn du mich einweihst."

Modorok dachte nach. „Mag sein. Aber was ist, wenn du einen Fehler machst? Wenn Kassandra oder Tarek aus irgendeinem Grund Verdacht schöpfen und dich verhören, dich ausquetschen? Dann wirst du unseren Plan womöglich verraten. Je weniger Leute wissen, was wir vorhaben, desto besser."

Er packte Raven an den Schultern und bohrte ihm seinen stahlharten Blick in die Augen. „Verstehst du das?"

Raven hielt dem Blick stand, auch wenn es ihm nicht leichtfiel. Er versuchte, in Modoroks Gesicht zu lesen – und es war, als habe jemand ein Buch aufgeschlagen. Raven sah eine Spur von Trauer in diesem Gesicht, aber auch Entschlossenheit und Zuversicht.

Tief in seinem Inneren spürte er, dass er und Modorok auf einer Seite standen. Er nickte langsam.

„Gut“, sagte Modorok. „Ich mag deinen Vater und vertraue ihm. Ich glaube, dass ich auch dir vertrauen kann. Aber ich will weder dich noch unsere Leute in Gefahr bringen. Lass dich überraschen, wie der Plan aussieht. Ich kann dir versprechen, dass wir uns alles gut überlegt haben. Und jetzt lass uns zu den andern zurückkehren. Es gibt noch eine Menge zu tun.“

Als sie wieder bei der Gruppe angekommen waren, fragte Raven: „Darf ich gehen?“

„Ja.“ Modorok nickte.

Erik griff sich an den Kopf. „Nein!“, rief er. „Wie kannst du ihm vertrauen, ohne ihn zu kennen, Modorok? Er wird uns verpfeifen.“

„Halt die Klappe, Erik!“, sagte Modorok ruhig.

„Warum bleibt er nicht einfach bei uns und zieht mit uns in die Schlacht?“, wollte Erik wissen.

Modorok sah ihn wütend an. „Rede doch nicht so einen Schwachsinn. Wenn Raven nicht zurückkehrt, wird sich Kassandra fragen, wo er bleibt, und womöglich noch mehr Suchtrupps losschicken. Und das ist genau das, was wir am wenigsten gebrauchen können.“

Nur äußerst widerwillig gab Erik nach.

Mit seinem bescheidenen Fang lief Raven zurück in die Stadt. Von seinem Verfolger war nichts zu sehen.

Der Aufstand stand also wirklich kurz bevor! Aber was würden diese zwanzig schlecht bewaffneten Männer schon groß ausrichten können?

Raven erreichte die Häuser und entdeckte Belana, die auf einem Mäuerchen hockte und den anderen aus dem Reinigungstrupp zuschaute, wie sie den Müll von der Straße fischten.

Raven winkte sie zu sich heran und berichtete ihr von seinem Treffen mit Modorok und den anderen Partisanen.

Belana pfiff leise durch die Zähne. „Heute schon?“, flüsterte sie. „Das wäre ja großartig.“

„Aber was ist, wenn der Aufstand niedergeschlagen wird?“, gab Raven leise zu bedenken.

„Das wollen wir nicht hoffen“, wisperte Belana. „Aber auf jeden Fall wird es ein ziemliches Chaos geben. Und dieses Chaos können wir vielleicht nutzen, um zu fliehen!“

„Das stimmt. Aber die Partisanen sind eine sehr kleine Gruppe, und ich bezweifle, dass sie wirklich etwas ausrichten können.“

Belana lächelte. „Mag sein, dass sie jetzt nur zwanzig sind. Noch, Raven, noch. Aber was ist mit dir, Zerron und mir?“

Es gab ihm einen Stich, dass Belana seine Schwester nicht erwähnte. „Und vergiss nicht, dass die meisten Bewohner Kassandra hassen. Sie sind vielleicht nur zu ängstlich, um offen zu rebellieren. So wie dein Vater, Raven. Und das meine ich überhaupt nicht böse. Aber wenn die Lunte erst einmal brennt, wenn es einen richtigen Aufstand gibt, lassen sich die Leute vielleicht mitreißen!“

Ja, dachte Raven, das könnte gut sein.

„Was schlägst du vor?“, fragte er.

Sie stellte sich auf die Zehenspitzen und küsste ihn auf die Stirn. „Was meinst du denn? Alles oder nichts! Kämpfen und siegen – oder sterben. So wie immer."

Raven spürte, wie das Adrenalin durch seine Adern strömte. Belana hatte recht. Paxtonia war ein Traum. Nein, Paxtonia könnte ein Traum sein. Aber nur, wenn sie bereit waren, dafür zu kämpfen.

Er umarmte Belana kurz. „Wenn du nicht auffallen willst, solltest du vielleicht ein wenig mitarbeiten ..."

„Bring du lieber deine stinkenden Fische in die Festung deiner Herrin", erwiderte Belana und lächelte.

„Die sind ganz frisch", verteidigte Raven seinen Fang. „Wir sehen uns später."

Das Sonnenlicht war verschwunden, die Dämmerung kroch in die Stadt. Flackernd gingen die Lampen an.

Raven und Belana waren allein losgezogen, nachdem sich Zerron und Enya nicht in ihrer gemeinsamen Bleibe hatten blicken lassen. Hand in Hand spazierten sie durch Paxtonia.

„Ob die beiden noch arbeiten müssen?", fragte Raven.

„Arbeiten?" Belana lachte. „Na, ich weiß nicht. Vielleicht Zerron. Aber Enya? Was soll das für eine Arbeit sein?"

Raven ging nicht weiter darauf ein. „Hier ist überall tote Hose."

Die Straßen waren tatsächlich wie leer gefegt. Niemand ließ sich draußen blicken – nur zwei Krieger patrouillierten durch die Straßen und schauten argwöhnisch auf die beiden einsamen Spaziergänger. Nirgendwo erklang Musik, nirgendwo spielten Kinder. In Paxtonia herrschte eine Friedhofsruhe, alle hatten sich nach dem Arbeitstag in ihre Häuser zurückgezogen wie in eine schützende Burg.

Plötzlich vernahmen die beiden hinter sich schnelle Schritte und drehten sich um.

Joleen rannte auf Raven und Belana zu. Hinter ihr waren fünf Krieger von Kassandra, die ihre Obsidianschwerter gezogen hatten oder Bögen trugen. Angeführt wurden sie von Tarek.

„Bleib stehen, du Miststück!", brüllte er.

Joleen dachte gar nicht daran, sondern jagte an Raven und Belana vorbei. Doch dann stolperte sie über irgendetwas und stürzte.

„Jetzt haben wir dich!", schrie Tarek, der nur noch wenige Meter entfernt war.

Raven sah, wie sich Joleen aufrappelte und weiterrannte, aber die Krieger würden sie jeden Moment eingeholt haben.

Er schaute kurz zu Belana. Als sie nickte, machte er einen Schritt auf die Straße und stellte sich Tarek in den Weg.

„Verschwinde, du Nichts!", blaffte Tarek ihn an.

Um nicht mit Raven zusammenzuprallen, mussten er und seine Leute abbremsen. Das brachte Joleen wertvolle Sekunden, die sie dazu nutzte, in einem baufällig wirkenden Haus am Fluss zu verschwinden.

Tarek rammte Raven mit der Schulter, sodass dieser fast zu Boden gegangen wäre. Dann stürmten die Krieger weiter und drangen in das Haus ein, in das Joleen gerade hineingelaufen war.

Raven und Belana sprinteten zu einem der unteren Fenster, das nicht viel mehr als ein Loch in der Wand war, und spähten in das Gebäude.

Tarek und seine Männer standen in einem großen leeren Raum, dessen Decke von hölzernen Balken gestützt wurde. Zwei Türen führten in angrenzende Räume. Beide waren geschlossen.

„Wo bist du?“, brüllte Tarek.

Keine Antwort.

„Ich habe keine Lust, das kleine Biest zu suchen. Zündet die Bude an, lasst Joleen brennen“, befahl Tarek.

Oh nein!, dachte Raven und stürzte mit Belana zum Eingang, um die Krieger zu stoppen.

„Hau ab!“, blaffte Tarek ihn an und hob das Schwert.

Mit Entsetzen sah Raven, dass der große Krieger eine Fackel entzündete und sie an einen der Pfeiler hielt.

„Hör auf!“, schrien Raven und Belana.

„Haltet euch da raus, die Kleine gehört zu den Partisanen! Sie wird sich stellen oder sie wird brennen!“, erwiderte Tarek kalt. Schon züngelten die Flammen gierig am Holz.

In dieser Sekunde flogen die beiden Türen im Inneren des Raumes auf und Joleen, Modorok, Erik und die anderen Partisanen stürmten brüllend heraus. Sie schlugen mit ihren Streitäxten auf die überraschten Krieger ein und streckten sie einen nach dem anderen nieder.

Erik kniete über dem blutüberströmten Tarek und drückte ihm die Klinge seines Messers an den Kehlkopf. Ein kaltes Lächeln stahl sich in Eriks Gesicht. Er schien die Süße des Augenblicks auszukosten.

„Halt, der hat genug“, ermahnte Modorok ihn und zog ihn von dem hünenhaften Krieger weg.

„Schnappt euch die Waffen der Kerle, und dann geht's weiter!", kommandierte Modorok, nahm Tareks Schwert und rannte mit Joleen aus dem Haus.

„Das war wirklich ... nicht schlecht!", stammelte Raven anerkennend.

Joleen grinste. „Nicht wahr? Das war doch eine hübsche Falle für diese Dummköpfe. Jetzt haben wir endlich ein paar vernünftige Waffen."

Mit dem Obsidianschwert in der einen und der primitiven Steinaxt in der anderen Hand brüllte Modorok: „Das war erst der Anfang! Auf zur Waffenkammer."

Einige Leute trauten sich nun aus den angrenzenden Häusern – unter anderem ein alter Mann, eine Familie mit zwei Kindern, eine junge Frau und ein bulliger Typ mit Brille. Als sie sahen, was passiert war, wirkten sie überrascht und unschlüssig.

„Schließt euch uns an! Wir werden Kassandra stürzen", dröhnte Modoroks Stimme. Er warf dem Typ mit der Brille seine Axt zu.

Der Mann wurde bleich, ließ die Waffe fallen und verkroch sich wieder in seinem Haus.

Raven sog die Luft ein. Kein gutes Zeichen!

Doch die junge Frau hob die Axt auf. Ihr Blick ruhte eine Weile ungläubig auf der Waffe. Raven konnte ihre Gedanken förmlich sehen. Sollte sie das Risiko eingehen? Dann reckte sie Axt in die Luft. „Ja, auf zur Waffenkammer!"

Das war das Signal! Neben der Frau schlossen sich nun noch andere den Partisanen an und griffen nur zu gern zu den erbeuteten Waffen.

Joleen rannte voraus und führte die Meute tiefer in die Stadt hinein. Über ihr drehte ein aufgeregter Spy seine Runden.

„In der Waffenkammer werden bestimmt auch meine Wurfmesser sein!“, hoffte Belana.

„Ja, und meine anderen Pfeile!“, rief Raven. Im Laufen warf er einen Blick zurück und sah, dass eine hünenhafte Gestalt in der Tür des halb verfallenen Hauses auftauchte: Es war der blutüberströmte Tarek, der die Fäuste geballt hatte. Jetzt taumelte er auf die Straße.

„Schneller!“, schrie Modorok. Während er vorwärtsstürmte, schlug er immer wieder gegen die Türen der Häuser.

Von allen Seiten strömten jetzt Leute zusammen. Manche wirkten ängstlich, andere ratlos.

Raven sah, dass sich ein Mann mit einem langen Brotmesser bewaffnet hatte. Ein anderer trug einen Spaten, eine kräftige Frau schwang ein Kantholz.

„Folgt uns, wir werden Kassandra stürzen!“, brüllte Modorok. Immer mehr schlossen sich ihnen an.

Raven wurde von einer unglaublichen Euphorie ergriffen. Der Aufstand war in vollem Gange. Bestimmt waren es jetzt schon fünfzig Aufständische und es wurden immer mehr. Aber wo waren Jordan, Enya und Zerron? Hatten sie überhaupt mitbekommen, was in der Stadt los war?

„Langsam!“, zischte Joleen und hob die Hand. Dann deutete sie auf ein unscheinbares kastenförmiges Gebäude, vor dem zwei Wachen standen.

Das muss die Waffenkammer sein, dachte Raven.

„He, was wollt ihr?“, rief einer der Wachmänner. „Geht in eure Häuser, verdammt noch mal.“

Nun trat Modorok vor. „Nein, ihr werdet euch verkrümeln, und zwar sofort. Sonst seid ihr tot.“

„Von wegen, Modorok!“ Der Wächter lachte und zog sein Schwert. „Dein Kopf rollt gleich durch diese Gasse, mein Freund.“

„Ich bin nicht dein Freund“, erwiderte Modorok schroff. „Und ich gebe dir und dem anderen Männchen zehn Sekunden Zeit, die Schwerter niederzulegen. Sonst werden wir euch töten.“ Er deutete auf die Menge hinter ihm, die die Waffen schwang.

In den Augen des Wächters war ein nervöses Flackern zu sehen. Er schien sich seine Chancen auszurechnen, der Übermacht standzuhalten.

„Zehn, neun, acht ...“, begann Modorok mit dem Countdown.

Auf die Stirn des Wächters traten Schweißperlen. Sein Kollege trat unruhig von einem Fuß auf den anderen.

„Sieben, sechs, fünf ...“

„Chef, darf ich als Erster?“, mischte sich Erik ein, die Hände um sein Messer gekrallt.

Ein kurzes Nicken, dann: „Vier, drei, zwei ...“

„Okay, okay!“, rief der Wächter und legte das Schwert ab.

Der andere Wächter folgte dem Beispiel.

„Schade, was seid ihr nur für Memmen!“, kommentierte Erik. Er war sichtlich enttäuscht, dass sich die beiden ergaben.

„Brav“, sagte Modorok hingegen und gab den Befehl, die beiden Wachen zu fesseln. Dann nahmen sie ihnen die Schlüssel zur Waffenkammer ab und rannten in das Gebäude.

„Hey, da sind ja meine Pfeile!“, rief Raven zufrieden.

„Und meine Messer“, freute sich Belana.

Sie suchten weiter. Als sie auch Enyas Harpune und Zerrons Bō entdeckt hatten, stürmten sie mit den anderen Aufständischen wieder nach draußen. Jeder trug mindestens drei Waffen – vor allem Obsidianschwerter, aber auch Bögen, Pfeile, Messer und Beile.

Joleen hatte sogar eine Maschinenpistole gefunden, die sie vor sich hertrug wie den Heiligen Gral. „Ich hätte nie gedacht, dass ich hier so ein Ding finden würde. Bestimmt haben Kassandras Schergen es jemanden abgenommen, der sich nach Paxtonia verirrt hat.“

„Kannst du damit überhaupt umgehen?“, fragte Belana.

„Kommt auf einen Versuch an, das ist bestimmt nicht so schwer“, erwiderte Joleen, richtete den Lauf nach oben und zog den Hahn durch. Schon ratterte die MP los, Hülsen flogen in alle Richtungen.

„Geht doch“, freute sich Joleen. „Und wie gut, dass ich noch drei volle Magazine gefunden habe.“ Mit entschlossener Miene rammte sie das nächste in die Waffe.

Nachdem sie die Wachen in der Kammer eingeschlossen hatten, rannten sie weiter und erreichten den Marktplatz, der ebenfalls wie ausgestorben war.

Aber das änderte sich, als Modorok mit Joleen und Erik auf den Rand des Brunnens stieg und eine kurze flammende Rede hielt. Er beschwor die Bewohner, den Aufstand zu wagen und sich ihnen anzuschließen, er sprach von Freiheit und dem Ende von Kassandras Terrorregime. Tatsächlich kamen weitere Männer und Frauen hinzu, darunter drei Jugendliche, die mit Holzprügeln und Fackeln bewaffnet waren. Rasch war der Platz dicht gefüllt.

Es waren es bestimmt schon zweihundert Leute, schätzte Raven. Plötzlich stand Jordan neben ihm. Raven vermutete, dass der Lärm ihn hierhergelockt hatte.

Sein Vater schloss ihn in die Arme. „Fantastisch, das ist einfach fantastisch. Wir werden Kassandra aus dem Amt fegen!"

Raven war unendlich erleichtert, und das nicht nur, weil Jordan nun bei ihm war, sondern auch, weil er entschlossen und optimistisch wirkte. Doch was war mit den anderen Kriegern von Kassandra? Sie befehligte eine kleine Armee von einhundert Kriegern, hatte sein Vater gesagt. Gut, sie hatten etwa zehn von ihnen ausgeschaltet, blieben immerhin noch neunzig erfahrene Gegner ...

„Weißt du, wo Enya und Zerron sind?", fragte Raven seinen Vater.

„Im Hauptquartier, glaube ich", erwiderte Jordan.

Modoroks tiefer Bass dröhnte wieder über den Platz. „Nur gemeinsam haben wir eine Chance. Noch heute wird ..."

Er verstummte, als etwas dicht an seinem Kopf vorbeiflog und sich in Eriks Arm bohrte, der direkt neben Modorok stand und schreiend nach hinten in den Brunnen kippte.

Raven überkam eisiges Entsetzen.

Erik war von einem Pfeil erwischt worden – aber wo war der Schütze?

DIE LETZTEN TRÜMPFE

Ein Tumult brach aus, als weitere Pfeile flogen. Einige Aufständische brachen zusammen und wälzten sich blutend am Boden.

Raven zog Belana und Jordan hinter die Steinmauer, die den Brunnen umschloss. Er zog einen Pfeil aus dem Köcher und legte ihn in die Sehne. Dann spähte er mit Belana über den Rand.

„Da vorn, auf dem Dach des Ladens!“, rief sie.

Jetzt entdeckte auch Raven den Heckenschützen, der auf dem Dach hinter einer Reklametafel lauerte und die Partisanen unter Beschuss nahm.

Raven zielte sorgfältig, doch Belana war schneller. Eines ihrer Wurfmesser flog durch die Reklamewand und traf den Krieger im Bein. Ein grässlicher Schrei ertönte.

„Nicht schlecht“, lobte Raven.

Da krächzte Spy warnend und Raven ahnte, dass die Sache noch nicht ausgestanden war. Wie zur Bestätigung kamen weitere Pfeile.

„Verdammt, wo ist der zweite Kerl?“ Raven kämpfte nicht gern gegen ein feiges Phantom. Er warf Spy einen bangen Blick zu, weil er Angst hatte, dass sein gefiederter Freund das nächste Opfer sein könnte. Dabei fiel ihm auf, dass der kluge Vogel jetzt über einer ganz bestimmten Stelle kreiste. Raven sah genauer hin.

Im obersten Stockwerk eines Hauses stand ein Fenster offen. Dahinter bewegte sich eine Gardine. Und jetzt war die Spitze eines Pfeils zu sehen!

Da bist du also, dachte Raven und zielte sehr sorgfältig. Der Pfeil verließ die Sehne und durchschlug den Vorhang. Ein weiterer lauter Schmerzensschrei folgte. Raven lächelte zufrieden. Damit war der Angriff abgewendet.

Die Verwundeten wurden in die umliegenden Häuser gebracht, um sie dort zu versorgen. Nur der pitschnasse Erik wollte davon nichts wissen. Er riss sich den Pfeil aus der Wunde und ließ sich notdürftig verbinden. „Jetzt geht die Party doch erst richtig los. Und da will ich dabei sein!“

„Das ist gut“, sagte Modorok. „Dann lasst uns Kassandras Hauptquartier stürmen!“

„Hoffentlich passiert Enya und Zerron nichts!“, rief Raven seinem Vater und Belana zu.

„Das hoffe ich auch“, erwiderte Jordan. „Es darf kein weiteres Blutvergießen geben. Ich bete, dass Kassandra und ihre verbliebenen Krieger angesichts dieser Übermacht die Waffen strecken.“

Raven sagte dazu nichts. Aber er befürchtete, dass die Herrin von Paxtonia nicht kampflos aufgeben würde …

Gerade wollte die wütende Menge in die Gasse stürmen, die zum Hauptquartier von Kassandra führte, als plötzlich weitere zwanzig Krieger auftauchten.

Modorok, der die Partisanen anführte, stoppte. „Da lang!“, schrie er und deutete auf eine andere Gasse.

Doch auch dort lauerten Kassandras Männer.

Hektisch blickte sich Raven um. Die anderen beiden Straßen, die auf den Platz führten, waren ebenfalls von Feinden besetzt, stellte er mit einem mulmigen Gefühl fest. Sie hatten ihre Schwerter gezückt. Einer der Trupps wurde von niemand anderem als dem blutüberströmten Tarek angeführt.

Zwar waren die Aufständischen inzwischen in der Überzahl,

aber Kassandras Krieger waren besser ausgebildet und bewaffnet und somit immer noch extrem gefährlich.

„Waffen weg, ergebt euch", erklang Tareks Stimme.

„Niemals!", donnerte Modoroks Stimme über den Platz.

Tarek lachte, während ihm ein dünner Faden Blut von der geplatzten Augenbraue über die Wange lief. „Sehr schön, das ist Musik in meinen Ohren!", sagte er. „Denn mit dir habe ich noch eine Rechnung offen, Modorok. Und mit Joleen, dem kleinen Miststück."

Joleen richtete ihre Maschinenpistole auf Tarek. „Falsche Wortwahl."

Bäng, bäng, bäng.

Drei Kugeln schlugen direkt hinter Tarek in die Wand und deckten ihn mit einem Regen aus Steinsplittern ein.

„Jetzt reicht's!", schrie er. „Vorrücken! Macht sie fertig!"

Raven sah, wie die Farbe aus Jordans Gesicht wich. Er legte Raven eine Hand auf die Schulter und versuchte, ihn aus der Schusslinie zu ziehen.

Raven war klar, dass Jordan ihn beschützen wollte. Doch er ahnte, dass es eher umgekehrt sein würde: Er musste seinen Vater beschützen. Er schüttelte Jordans Hand ab und spannte den Bogen. Belana schleuderte ein Wurfmesser und einer der Krieger sackte zu Boden.

Parallel wollte Joleen auf die Feinde feuern, aber ihre Waffe streikte plötzlich. „Ladehemmung? Was ist denn das für ein Schrott?", schimpfte sie, packte die Waffe am Lauf und schwang sie wie eine Keule.

Von allen Seiten drangen Kassandras Krieger jetzt auf die Aufständischen ein. Die Schlacht tobte.

Raven feuerte Pfeil auf Pfeil in die Angreifer. Er sah, wie sie vornüberfielen. Aber schon kurz darauf waren einige der feindlichen Krieger viel zu nah an ihnen dran, als dass Ravens Bogen nützlich hätte sein können. Kassandras Männer, allen voran Tarek, schlugen mit ihren furchtbaren Waffen regelrechte Schneisen in die Aufständischen.

„Hier", sagte Belana und warf Raven ein Messer zu. Damit versuchte er, sich die Angreifer vom Leib zu halten – und seinen Vater zu retten, der hilflos die Fäuste geballt hatte.

Das Messer kam Raven angesichts der langen Schwerter der Gegner wie ein schlechter Witz vor, aber es war erst mal besser als gar nichts.

Doch da wäre Raven fast über eine Holzlatte gestürzt, die einem der Partisanen gerade im Getümmel aus der Hand geschlagen worden war. Er packte sie und riss sie hoch. In diesem Moment sah er, wie sich ein Krieger auf seinen Vater warf und ihn zu Boden drückte. Jordan lag auf dem Rücken, die Augen weit aufgerissen, einen stummen Schrei auf den Lippen.

Der Krieger grinste, fasste sein Schwert mit beiden Händen und wollte es mit voller Wucht in Jordans Brust rammen.

Raven war schneller. Er warf das Holz wie einen Speer und traf den Krieger an der Schläfe. Wie vom Blitz getroffen, kippte der Mann zur Seite.

Raven half seinem Vater auf und nahm dem bewusstlosen Krieger das Schwert ab.

„Na also“, meinte er.

Der Kampf wogte hin und her. Raven sah, dass die Aufständischen die Oberhand gewannen, wenn auch unter erheblichen Verlusten.

„Der Sieg gehört uns!“, brüllte Modorok und ließ sein Schwert auf Kniehöhe kreisen – mit der Folge, dass er gleich drei Feinde auf einmal stoppte.

Nun hatten Modorok, Joleen und Erik sich den Weg in die Gasse freigekämpft, die zur Insel mit der Festung führte.

„Sammeln!“, ertönte Tareks Kommando.

Die Krieger wichen in einer geschlossenen Formation zurück. Raven schätzte, dass es nicht mehr als fünfzig Männer waren, die die Schlacht unverletzt überstanden hatten.

„Sieg!“, schrie Modorok, dessen linkes Ohr heftig blutete. „Jetzt werden wir das Hauptquartier von Kassandra stürmen!“

Die Herrin von Paxtonia hatte sich in einem großen Nebenraum verschanzt. Vor dem Zugang standen zehn bis an die Zähne bewaffnete Wachen, vier weitere Krieger sowie Tarek waren mit ihr in dem großen Raum.

Kassandra war längst über den Aufstand informiert worden. Sie hatte den Partisanen alles entgegengeworfen, was sie an Kriegern und Waffen aufzubieten hatte. Doch es hatte nicht gereicht. Die tobende Meute wartete vor dem verschlossenen Hauptportal und es schien nur eine Frage von Minuten zu sein, bis sie in die Festung eindringen würden.

„Du bist ein wertloses Nichts“, sagte Kassandra zu Tarek.

„Wir haben alles getan, was in unserer Macht stand“, verteidigte er sich und schaute sie mit seiner blutüberströmten Fratze wütend an. „Sie haben mich in eine Falle gelockt und Waffen erbeutet. Und jetzt sind es einfach ... zu viele.“

Kassandra wandte sich ab. Nicht etwa, weil sie kein Blut sehen konnte, sondern weil sie der Anblick eines Versagers langweilte. Ihr Blick blieb an Enya und Zerron hängen, die sie beim Ausbruch der Krawalle zu sich beordert hatte, und nun lächelte Kassandra ein kaltes, kaum wahrnehmbares Lächeln, an dem ihre Augen nicht beteiligt waren. Noch hatte sie zwei Trümpfe in der Hand ...

Enya wirkte cool wie immer, aber Zerron schien nervös, auch wenn er erfolglos versuchte, dies nicht zu zeigen. Oder hatte er sogar Angst?

In diesem Moment stürmte eine Wache herein. „Sie sind drin!“, rief der Mann.

Die Herrin von Paxtonia straffte die Schultern. „Gut“, sagte sie nur.

Tareks blutverkrustete Augenbrauen wanderten fragend in die Höhe. „Wieso gut?“

Kassandra beachtete ihn nicht und winkte stattdessen Enya zu sich. „Du bist die Herrin der Waters und gewohnt, Entscheidungen zu treffen. Daher habe ich eine Frage an dich“, sagte sie.

Enya sah sie forschend an und schwieg.

„Was würdest du an meiner Stelle tun?“, wollte Kassandra wissen.

Enya sah sie ruhig an. „Man muss wissen, wann man verloren hat. Ich würde die Waffen strecken.“

Ohne Vorwarnung schlug Kassandra ihr ins Gesicht. „Falsche Antwort. Schließlich habe ich noch euch beide.“

DAS STEINERNE GRAB

Von draußen war Kampflärm zu hören. Jemand schlug an die Tür, die im Rahmen erbebte. Ein Schrei ertönte. Dann flog die Tür auf. Zwei Wachen taumelten nach hinten und wurden von einer wütenden Masse überrannt. Ganz vorn waren Modorok, Raven und Belana.

Raven strahlte, als er seine Schwester und seinen besten Freund sah.

„Halt!", sagte Kassandra.

„Niemals!", rief Modorok. „Du hast hier nichts mehr zu sagen!"

„Du irrst", erwiderte Kassandra. „Tarek!"

Der Krieger riss Enya an sich, benutzte sie als lebenden Schutzschild und drückte ihr das scharfkantige Obsidianschwert an den Hals. Ein anderer bedrohte Zerron.

Sofort stoppten die Aufständischen. Die Angst um Enya und Zerron schnürte Raven die Kehle zu.

„Lass sie in Ruhe!", schrie Jordan außer sich.

„Halt den Mund!", fauchte Kassandra. „Bleibt, wo ihr seid, und nehmt die Waffen runter! Sonst werden die beiden sterben."

Ravens Gedanken überschlugen sich. Konnte er an seiner Schwester vorbeischießen und den hinter ihr stehenden Tarek ausschalten? Vielleicht, aber was war mit Zerron? Bis er nachgeladen hatte, war sein Freund garantiert tot.

„Auch du, Raven", sagte die Herrin von Paxtonia, als könnte sie Gedanken lesen. „Gerade du."

Raven ließ die Waffe sinken.

Als Modorok das sah, grummelte er etwas Unverständliches, folgte aber Ravens Beispiel.

Das war das Signal für alle anderen Aufständischen, ebenfalls die Waffen zu strecken.

Raven hörte seinen Vater aufatmen.

„Gut", sagte Kassandra. „Wir werden uns von dieser schönen Welt nun verabschieden und ihr werdet uns nicht daran hindern."

Sie flieht, das ist sehr gut, dachte Raven. Doch seine Freude war nicht von Dauer.

„Damit ihr nicht auf dumme Gedanken kommt", fuhr Kassandra fort, „werden wir Enya und Zerron als Geiseln mitnehmen."

Raven wollte protestieren, aber Kassandra ließ ihn gar nicht erst zu Wort kommen: „Wir werden Paxtonia durch einen der Höhleneingänge verlassen. Dort werden wir die beiden freilassen", versprach sie. „Allerdings nur, wenn uns niemand folgt."

Notgedrungen ließen sich Raven, Belana, Jordan und die anderen Aufständischen darauf ein.

Kurz darauf hastete Kassandra durch einen langen Stollen, der von der Stadt wegführte. Hinter ihr liefen zwei Krieger, dann folgten Enya und Zerron und schließlich Tarek und ein anderer Bewaffneter, die die Geiseln vor sich hertrieben.

Immer wieder ließ Kassandra den kleinen Trupp stoppen, um sich zu vergewissern, dass ihnen tatsächlich niemand folgte.

Schließlich erreichten sie den riesigen Höhlenraum mit dem gezackten Riss, durch den die drei Deserts und Enya in die Welt unter der Erde eingedrungen waren.

Enya und Zerron hofften, dass sie vielleicht mithilfe von Big T und Mysticon Kassandra und ihre letzten Helfer gefangen nehmen könnten. Die Fahrzeuge befanden sich jedoch ein ganzes Stück vom Höhleneingang entfernt …

Aber Kassandra und ihre Krieger verschwanden nicht durch den Riss, sondern steuerten auf eine dunkle Stelle der Höhle zu. Kassandra knipste eine Lampe an. Das Licht fiel auf einen hölzernen Verschlag, den die Freunde übersehen haben mussten, als sie die Höhle betreten hatten.

Enya und Zerron sahen, dass dort neben einigen Kisten mehrere Motorräder standen: Sie vermuteten, dass diese Fahrzeuge dazu dienten, die auf den umliegenden Märkten eingetauschten Waren nach Paxtonia zu transportieren.

Kassandra schwang sich auf eines der Motorräder und ließ den Motor an.

„Unsere Wege trennen sich hier", sagte sie zu Enya und Zerron.

Enya und Zerron schauten sich kurz an. Würde Kassandra sie wirklich einfach so gehen lassen?

Die beiden wandten sich von Kassandra ab, um sich auf den Rückweg zu machen.

„Halt!", befahl Kassandra.

Widerwillig drehten sich Enya und Zerron um.

„Was ist denn noch?", fragte Enya.

„Ich habe nicht gesagt, dass ihr gehen dürft", sagte Kassandra.

„Aber so lautete die Abmachung, das war der Deal", erwiderte Zerron aufgebracht. „Niemand hat euch verfolgt, es ist alles so abgelaufen, wie du es verlangt hast."

Kassandra lächelte schwach. „Seid ihr wirklich so naiv? Ich werde ein Exempel statuieren, um meinem Volk zu zeigen, was es bedeutet, sich gegen mich zu erheben: Ich werde jemanden hinrichten lassen. Das wird diesem Pack eine Lehre sein."

Enya spürte, wie ihr eiskalt wurde.

„Die Frage ist nur, wen ich hinrichten soll, Enya, und da brauche ich deine Hilfe", fuhr Kassandra fort. „Vielleicht gibst du diesmal die richtige Antwort. Also: Wen soll ich töten lassen? Dich oder Zerron? Sag du es mir ..."

Enya wurde blass und begann am ganzen Körper zu zittern.

„Dann töte mich!", rief Zerron dazwischen. „Aber verschone Enya."

Kassandras Lippen kräuselten sich. „Wie süß. Du scheinst sie zu lieben und willst dich für sie opfern. Aber dich hat niemand gefragt. Also, Enya, was ist?" Sie gab Tarek ein Zeichen, der sein Schwert mit beiden Händen packte. „Welcher Kopf soll rollen?"

Enya atmete tief ein und aus, bevor sie sagte: „Ich will lieber selbst sterben, als für den Tod eines Freundes verantwortlich zu sein."

Zerron stand wie vom Donner gerührt. Auch Kassandra schien überrascht, während Tarek völlig gleichgültig wirkte.

Nun löste sich Zerrons Erstarrung. „Nein!", rief er. „Das darfst du nicht tun, Enya!"

„Halt dich da raus, es ist ihre Entscheidung", fuhr Kassandra ihn an. „Tarek, tu, was du tun musst."

Tarek hob beidhändig die Waffe.

Ergeben senkte Enya den Kopf und schloss die Augen.

Blitzschnell bückte sich Zerron, packte einen Stein und warf ihn auf Tarek. Er traf ihn mitten an der Stirn. Der große Krieger stoppte in der Bewegung. Das Schwert fiel ihm aus den Händen, dann kippte er nach hinten. Dumpf schlug sein Körper auf den Boden.

Enya riss die Augen auf und schenkte Zerron ein dankbares Lächeln. Sie bückte sich unter dem nächsten Hieb eines anderen Kriegers, rollte sich ab und griff dabei ebenfalls nach einem faustgroßen Stein. Als sie katzengleich wieder auf Beine kam, schleuderte sie ihn dem Angreifer gegen den Kopf. Der Mann sackte zusammen. Enya setzte nach, trat ihm die Waffe aus der Hand und warf sich auf die Beute.

Den dritten Krieger hatte Zerron nur an der Schulter getroffen. Knurrend wie ein bissiger Hund kam der Krieger auf ihn zu, während Kassandra Gas gab und mit ihrem Motorrad auf Enya zuschoss.

Die drehte sich wie ein Torero vor einem heranstürmenden Stier zur Seite. Dennoch erwischte sie der rechte Griff des Lenkers und schleuderte sie zu Boden.

Kassandra wendete und versuchte noch einmal, Enya zu überfahren. In letzter Sekunde gelang es Enya erneut, auszuweichen. Dabei rammte sie das Schwert in die Speichen des Vorderrades. Das Rad wurde blockiert und Kassandra stürzte von der Maschine.

Durch den Crash alarmiert, blickten sich die beiden verbliebenen Krieger um und eilten ihrer Herrin zu Hilfe. Diesen Moment nutzten Enya und Zerron, um in die Tiefen der Höhle zu fliehen.

Hinter ihnen schallten die Verwünschungen von Kassandra her, die sich scheinbar keine großen Verletzungen beim Sturz zugezogen hatte.

„Das war knapp!“, rief Zerron nach einem energischen Sprint.

„Aber erfolgreich“, erwiderte Enya. „Dieses Miststück sind wir erst mal los!“

Völlig außer Atem blieb sie stehen und zog Zerron an sich.

„Hoffentlich wird jetzt alles gut“, sagte sie leise. Dann küsste sie ihn auf den Mund.

Zerron wusste gar nicht, wie ihm geschah. Ein nie da gewesenes Glücksgefühl durchströmte ihn. Er nahm Enya in die Arme und hielt sie ganz fest. Er würde sie nie wieder loslassen.

Plötzlich hörten sie eine heftige Explosion. Dann dröhnten mehrere Motoren.

„Das kam doch vom Höhleneingang, oder?“, sagte Zerron.

Sie sahen nach und hatten Gewissheit: Kassandra und ihre Schergen hatte den Eingang gesprengt. Die Wand, in der der gezackte Riss gewesen war, war komplett eingestürzt.

„Da kommt niemand mehr rein oder raus.“ Zerron sah Enya an. „Die Felsbrocken sind viel zu groß, als dass man sie bewegen könnte. Aber es gibt ja noch einen zweiten Ausgang.“

Sie hetzten zur Stadt zurück. Nach der Hälfte der Strecke erschütterte eine zweite schwere Explosion das Höhlensystem.

„Das wird der andere Eingang gewesen sein“, vermutete Enya entsetzt. „Wir sind hier unten gefangen. Kassandra will, dass Paxtonia unser Grab wird. Wir müssen zu den anderen.“

EINER MUSS ES TUN

Kurz darauf waren Enya und Zerron wieder bei ihren Freunden in der Stadt. Atemlos berichteten sie, was sie erlebt hatten. Dabei erwähnte Zerron auch, dass Enya bereit gewesen war, sich für ihn zu opfern.

Belana war überrascht. „Wirklich?"

„Das ist nicht so wichtig", meinte Enya schnell.

„Doch, das ist es", beharrte Zerron und erzählte, wie Kassandra Enya vor die Wahl gestellt hatte. „Kassandra wollte einen von uns beiden hinrichten lassen – zur Abschreckung, wie sie sagte. Enya sollte entscheiden. Sie hat mich geschützt und wollte ihr Leben für mich geben!"

Belana wirkte sehr nachdenklich. Raven musterte sie eingehend, wie sie versonnen mit einer ihrer Haarsträhnen spielte. Würde Belana seine Schwester nun mit anderen Augen sehen? Er hoffte es. Vermutlich würden die beiden nie die besten Freundinnen werden, aber vielleicht konnten sie sich ja wenigstens respektieren.

„Diese elende Schlange!", rief Modorok voller Abscheu.

„Ja", erwiderte Zerron. „Leider konnte sie fliehen."

„Und was noch viel schlimmer ist: Sie hat wahrscheinlich beide Zugänge sprengen lassen", ergänzte Enya. Sie schien froh über den Themenwechsel zu sein.

Jordans Augen verengten sich. „Daher die Explosionen ... Gleich beide Zugänge? Seid ihr sicher?", fragte er.

„Bei dem zweiten sind wir es nicht hundertprozentig", antwortete Zerron.

Jordan blickte zu Modorok. „Ich werde nachsehen."

„Gut, aber geh nicht allein. Wer weiß, ob sich hier noch ein paar versprengte Krieger von Kassandra aufhalten."

„Ich komme mit", sagte Raven sofort.

Belana, Enya und Zerron schlossen sich an.

„Gut", sagte Modorok noch einmal und ergänzte mit einem Blick auf Erik: „Wir werden uns in der Zwischenzeit um die Verletzten kümmern und hier aufräumen."

„Welche Verletzten? Du meinst doch nicht etwa mich?", fragte Erik.

„Jaja", erwiderte Modorok und klopfte mit seiner rechten Pranke auf Eriks Arm, in dem vor Kurzem noch ein Pfeil gesteckt hatte.

Erik wurde bleich und man sah, dass er die Zähne zusammenbiss. Doch kein Schmerzenslaut kam ihm über die Lippen.

„Dann mal ran an die Arbeit!", rief Modorok und wandte sich ab.

Raven, Enya, Jordan, Belana und Zerron machten sich auf den Weg. Kurz darauf hatten sie die Stadt hinter sich gelassen.

Diesmal hatte Raven keinen Blick für die einzigartige Schönheit der Höhlenwelt, durch die sein kleiner Freund Spy gerade aufgeregt flatterte. Mit leicht gesenktem Kopf und den Händen in den Hosentaschen stapfte Raven neben Belana und Zerron her.

Eine halbe Stunde später hatten sie den zweiten Ausgang erreicht, ohne auf versprengte Krieger von Kassandra gestoßen zu sein. Und jetzt hatten sie die traurige Gewissheit: Auch dieser Zugang war komplett zerstört. Vor ihnen häuften sich massive Steinblöcke in einem wilden Chaos, manche so groß wie Ravens X-Bow.

„Mit dem Trummer hätten wir diese Berge vielleicht auseinanderziehen oder wegschieben können“, meinte Zerron. „Aber Big Ts Truck ist ja leider Geschichte.“

Raven nickte nur. Big T und Mysticon mussten die Explosionen mitbekommen haben und vielleicht auch die Flucht von Kassandra und ihren letzten Getreuen. Ob Big T und Mysticon bei der Explosion verletzt worden waren?, schoss es Raven durch den Kopf. Und falls nicht, hatte es einen Kampf mit Kassandra und ihren Leuten gegeben?

Nun hieb Zerron wütend auf einen der Felsen ein. „Und jetzt?“

„Es wird uns nicht gelingen, die Eingänge freizulegen“, sagte Jordan nüchtern. „Dafür bräuchten wir tatsächlich schweres Gerät, richtig große Maschinen, und die haben wir in Paxtonia nun einmal nicht. Doch irgendwann müssen wir hier raus. Denn in Paxtonia gibt es weiß Gott nicht alles, was wir zum Überleben brauchen. Medikamente, um nur ein Beispiel zu nennen. Aber da ist noch eine andere Möglichkeit ...“

„Ja, der dritte Ausgang an Kassandras Festung, von dem du erzählt hast. Dieser Tunnel unter Wasser“, sagte Raven, der bei dem Gedanken daran fröstelte. „Aber du meintest, dass es verdammt riskant sein würde, dort hindurchzutauchen. Was ist denn mit den vielen Löchern in den Höhlendecken? Kann man dort nicht hinaufklettern?“

Jordan schüttelte den Kopf. „Nein, keine Chance. Das haben wir schon probiert. Diese Einbrüche sind nicht erreichbar – zum einen sind sie viel zu hoch, zum anderen müsste man sich ein Stück an der gewölbten Höhlendecke entlanghangeln. Dafür braucht man eine professionelle Kletterausrüstung und müsste Anker in die Höhlendecke dübeln. All das haben wir hier unten nicht. Daher ist es völlig ausgeschlossen. Uns bleibt nur der Stollen."

Für einen Moment herrschte Schweigen.

Raven ließ sich auf einen kleineren Felsbrocken sinken. Spy landete auf seiner Schulter und pickte ebenso vorsichtig wie liebevoll an seinem linken Ohrläppchen herum. Doch Raven war jetzt nicht nach Streicheleinheiten zumute. Nervös knetete er seine Hände. Dieser Stollen sollte also ihre einzige Chance sein ...

„Lasst uns in die Stadt zurückkehren", sagte Jordan. „Wir müssen uns mit den anderen beraten."

Mit Modorok saßen sie auf der großen geschwungenen Treppe vor dem Rathaus. Um sie herum herrschte eine überschwängliche Stimmung. Die Bewohner von Paxtonia, von denen die meisten lange Zeit unterjocht worden waren, feierten ihre Freiheit. Viele lagen sich in den Armen.

Gerade hatte Modorok berichtet, dass alle feindlichen Krieger und Spitzel verhaftet und eingesperrt sowie Kassandras Marionetten im Rathaus abgesetzt worden waren. Gleichzeitig waren die Leute, die von Kassandra wegen angeblichen Aufruhrs oder auf bloßen Verdacht hin ins Gefängnis gesteckt worden waren, wieder frei.

„Paxtonia ist in unserer Hand", sagte Modorok stolz. „Alle Verletzten sind, zumindest notdürftig, verarztet worden. Bis auf Erik natürlich, denn der ist ja nicht verletzt." Er lachte dröhnend. Dann wandte er sich an Jordan: „Und, wie sieht es aus?"

„Schlecht“, erwiderte Jordan und erzählte von dem verschütteten Höhleneingang. Dabei erwähnte er auch den möglichen dritten Ausgang.

„Verflucht“, sagte Modorok, stand auf und stellte sich auf die oberste Stufe der Treppe.

Raven und die anderen folgten ihm.

„Alle mal herhören!“, brüllte Modorok über den Platz.

Die spontanen Freudenfeiern wurden unterbrochen und die Leute kamen vor der Treppe zusammen. Aus den umliegenden Gassen strömten weitere Bewohner herbei. Raven schätzte, dass es mehrere hundert Leute waren. Alle Blicke waren auf den Anführer gerichtet.

„Wir haben gesiegt!“ Modorok reckte die Faust nach oben. „Ich danke euch für euren Mut, eure Entschlossenheit, eure Kraft!“

Sofort brach ohrenbetäubender Jubel aus.

Modorok ließ sie gewähren. Aber nach einer Minute gebot er Ruhe. „Ja, wir haben Kassandra verjagt. Die Stadt gehört uns!“

Wieder klatschten und johlten die Leute.

Modoroks rechte Hand schnitt durch die Luft und wieder verstummten alle. „Wir haben ein Problem“, sagte er und ließ seinen Blick über die Köpfe der anderen wandern. „Ein ziemlich großes Problem sogar. Kassandra hat die beiden Zugänge zu Paxtonia gesprengt.“

Nun machte sich lähmendes Entsetzen breit. Allen war klar, was das bedeutete.

„Aber es gibt Hoffnung“, fuhr Modorok fort. „Ein bisschen jedenfalls. Jordan weiß von einem Stollen im See. Er liegt jedoch unter der Wasseroberfläche ... Möglicherweise kann man hindurchtauchen und den riesigen Höhlenraum mit unserer Stadt auf diesem Weg verlassen. Richtig, Jordan?"

„Ja", bestätigte der Forscher. „Aber ich weiß nicht, wie lang dieser Stollen ist ..."

„Das heißt, dass du nicht abschätzen kannst, ob die Atemluft reicht, um zur anderen Seite zu gelangen", meinte Modorok.

Jordan nickte. „Leider ja." Er klang bedrückt.

Der Anführer straffte die Schultern. „Um das herauszufinden, brauchen wir mindestens einen Freiwilligen, der das Risiko auf sich nimmt."

Stille. Es schien, als hielten alle kollektiv die Luft an. Manche starrten auf ihre Füße, andere zur Höhlendecke.

Raven ahnte und verstand, was in den meisten vorging. Sie hatten gerade ihre Freiheit zurückgewonnen, die Chance auf ein selbstbestimmtes, neues Leben. Genau das wollten sie bei einem solchen Himmelfahrtskommando nicht aufs Spiel setzen.

Und was war mit ihm? Sein Magen krampfte sich zusammen. Wieder kamen die Bilder in ihm hoch: das kalte Meer, die schwarzen Wogen ... Er rang mit sich, er wollte kein Feigling sein, nicht vor der Angst kapitulieren. Aber er wollte auch nicht sterben. Schon gar nicht jetzt, wo sie am Ziel waren.

„Ich, ich mach's!"

Raven schoss herum.

Belana.

Sie trat vor, stellte sich direkt neben Modorok, der verwundert auf sie herabschaute. „Was? Du?", fragte er.

„Ja, ich“, sagte sie ruhig. „Jemand muss es ja tun.“

Es war, als wäre ein riesiger Scheinwerfer auf Belana gerichtet. Jeder schaute sie an und Raven sah Ehrfurcht in vielen Blicken. So, als würde man eine Heilige verehren. Aber an Belanas Vorstoß war nichts Heiliges, dachte Raven. Für ihn war es blanker Wahnsinn. Mit nie da gewesener Klarheit spürte er, wie sehr er Belana liebte. Sie durfte nicht sterben, sich nicht opfern, niemals!

„Das darfst du nicht tun!“, rief er außer sich vor Angst.

Belana musterte ihn ruhig. Jeder Zoll ihres Körpers verriet Entschlossenheit und Raven wusste, dass er sie nicht würde umstimmen können. Dann spürte er ihre Hand in der seinen.

„Doch, das werde ich“, beharrte sie.

„Bist du dir sicher?“, forschte Modorok nach.

Belana nickte und nun brandete Beifall auf.

Raven schüttelte den Kopf. Bestimmt waren die Leute nur froh, dass sich jemand gefunden hatte, der verrückt oder lebensmüde genug war, durch diesen gefährlichen Stollen zu tauchen.

Ausgerechnet Belana. Nein, nein, nein!

Er schaute in ihre Augen und sah ihre Zuversicht, dieses Vertrauen in sich selbst, diesen Glauben an die Zukunft. Und in dem Moment wusste Raven, was er zu tun hatte.

„Ich lass dich nicht allein“, sagte er. „Ich werde dich begleiten.“

„Das wirst du nicht“, sagte sie ebenso sanft wie bestimmt.

„Oh doch. Ich kann dich nicht davon abhalten, diesen Irrsinn zu wagen, und du wirst mich nicht davon abhalten, mit dir zu gehen. Egal, wohin. Und wenn es der Tod ist.“

Sie lächelte. „Du bist verrückt.“

„Du auch“, erwiderte er. „Deshalb liebe ich dich.“ Dann schloss er sie in die Arme und nahm den Jubel und die Anfeuerungsrufe um sie herum gar nicht mehr wahr.

Da spürte Raven eine Hand auf seiner Schulter, die ihn von Belana wegzog. Unwillig drehte er sich um.

Es war sein Vater. In seinem Gesicht standen Furcht und Trauer. „Raven“, sagte er stockend. „Wenn ich das gewusst hätte, hätte ich diesen Stollen niemals erwähnt. Bitte tu das nicht.“

Raven sah zur Seite und begann, auf seiner Unterlippe zu kauen. Er sagte nichts.

Auch Enya und Zerron redeten auf ihn und Belana ein und versuchten, sie umzustimmen. Vergeblich.

Nun wandte sich Jordan an Belana. „Das gilt auch für dich. Was wollt ihr beweisen? Dass ihr unsterblich seid? Oder Märtyrer?“ Seine Stimme zitterte. Sein Blick wanderte wieder zu Raven. „Sieh mich an.“

Er tat es nicht. Konnte es nicht.

Jordan schüttelte Raven wütend. „Es könnte sein, dass ihr das dort unten nicht überlebt. Verstehst du das denn nicht? Ihr habt hunderte von Kilometern unter größten Gefahren zurückgelegt, wir haben Kassandra vertrieben und uns endlich wieder – und jetzt willst du dein Leben riskieren? Wieso müsst gerade ihr die Helden spielen?“

Raven machte einen Schritt zurück und die Hände seines Vaters rutschten mit einer hilflosen Geste von ihm ab. „Wer sonst hat sich gemeldet?“, fragte er.

„Genau. Niemand“, ergänzte Belana.

„Wir werden nicht sterben, sondern den Ausgang finden", meinte Raven.

Jordan schüttelte nur den Kopf. Tränen standen in seinen Augen. Dann wandte er sich wortlos ab.

Wenig später, es war kurz vor dem Morgengrauen des heranbrechenden Tages, standen Raven und Belana am westlichen Ufer des Sees. Jordan, Enya und Zerron waren bei ihnen. Auch Modorok, Erik, Joleen und ein paar andere waren gekommen. Spy hockte auf Ravens Schulter.

„Ihr müsst das nicht tun", sagte Modorok.

Raven hörte nicht hin. Sein Blick ruhte auf der Wasseroberfläche. Ruhig und glatt lag sie vor ihm. Wie ein Spiegel.

Vor nicht einmal zwei Tagen waren sie in dieses Höhlensystem eingedrungen und hatten das sagenhafte Land des Wassers entdeckt. Er hatte seinen Vater gefunden und dabei geholfen, eine brutale Despotin zu stürzen. Doch all das würde nichts nützen, wenn sie hier nicht herauskamen. Jemand musste es tun.

In diesem Moment murmelte Belana:

„Welle, Welle, lass dich umarmen,
obwohl du mich zu Boden schlägst,
mir den Halt
meiner Füße versagst.
Aufwühlend und schäumend
kommst du daher,
wild und ungezähmt.

Folgend dem Sturm!
Wildes Aufbäumen tanzt
mit Schaum auf deinen Kämmen.
Ohne Wind bist du zahm und matt,
denn nach dem Sturm
schmeichelnd du meinen Fuß umspülst.
Glitzernd plätschern deine Wellen
im Abendwind,
die Nacht
erwartend."

Raven ließ die Worte einen Moment wirken. Er wusste, dass Belana sehr gerne las und vor allem Gedichte liebte. „Von wem stammt das?"

„Von Otto Reinhards, einem deutschen Dichter", erwiderte sie. „Irgendwie passt es, oder?"

„Ja", sagte er nur. „Komm. Ich will nicht länger warten."

Sie baten Jordan, ihnen die genaue Stelle zu zeigen, wo er den Abfluss entdeckt hatte. Widerstrebend tat er es und deutete auf eine bestimmte Stelle am Nordufer, das senkrecht abfiel. Dann gab Jordan ihnen einfache Taucherbrillen sowie Taschenlampen, die auch unter Wasser funktionierten.

„Tschüss, kleiner Freund", sagte Raven leise zu Spy. „Auf bald!" Er ließ ihn auf seine Hand hüpfen und streckte sie hoch nach oben. Die Krähe erhob sich in die Lüfte.

Raven und Belana umarmten die anderen noch einmal kurz. Dann stiegen sie ins Wasser. Es war unangenehm kühl, und sofort hatte Raven ein mulmiges Gefühl. Ruhig, ermahnte er sich. Bleib ruhig.

Sie machten ein paar Schritte über den steinigen Boden. Schnell reichte ihnen das Wasser bis zum Hals. Sie standen nun vor dem senkrecht abfallenden Nordufer. Hier schalteten sie die Lampen ein, setzten die Brillen auf und tauchten ab.

Als das Wasser über Ravens Kopf zusammenschlug, begann sein Puls zu galoppieren und er konzentrierte sich auf das Licht seiner Lampe, um sich abzulenken.

In Belanas Lichtkegel sah er ein Loch in der Felswand, das einen Durchmesser von etwa zwei Metern hatte. Belana schaute zu ihm und reckte den Daumen nach oben. Dann tauchten sie wieder auf.

„Wir haben es gefunden!“, rief Belana den anderen zu.

„Viel Glück!“, kam es zurück.

„Bist du bereit?“, fragte Belana Raven.

Nein, niemals!, hätte er am liebsten geschrien. Stattdessen hörte er sich sagen: „Klar.“ Es klang sogar ziemlich cool, fand er.

Sie drückte ihm einen schnellen Kuss auf die Lippen und holte dann tief Luft.

Auch Raven pumpte seine Lungen voll.

Auf ein Zeichen von Belana tauchten sie wieder unter.

TIEF IM WASSER

Mit kräftigen Stößen schwammen sie durch das Loch in den sich daran anschließenden Tunnel.

Im Licht der Lampe sah Raven Fische, die auseinanderstoben, als sie sich näherten. Die Wände des Stollens bestanden aus dunkel glänzenden Steinen, die mal glatt, mal scharfkantig waren und auf denen sich kleine Pflanzen in der Strömung wiegten.

Auch wenn alles friedlich und harmlos wirkte: Ravens Angst wurde immer größer. Schließlich war nicht nur Wasser über ihm, sondern eine massive Decke aus Stein. Er befand sich in einer Röhre, von der er nicht wusste, wie lang sie war, und die sich – zu seinem Entsetzen – nach vorn noch verjüngte.

Raven kam sich vor wie in einem Würgegriff. Zwei Hände, eine aus kaltem Wasser, eine aus grobem Stein, schlossen sich um seinen Hals und drückten langsam, aber mit tödlicher Entschlossenheit zu.

Der Stollen war jetzt so schmal, dass er mehrfach mit den Händen oder Füßen gegen etwas stieß. Dann verhedderte sich Raven mit dem linken Fuß in einer Schlingpflanze. Das Ding schien ihn nicht loslassen zu wollen. Bis er sich freigestrampelt hatte, verlor er nicht nur Zeit, sondern damit auch wertvolle Atemluft.

Die Angst war längst Panik gewichen. In Ravens Brust herrschte ein enormer Druck, seine Lungen drohten zu bersten. Er wusste, dass es kein Zurück mehr gab, dafür würde die Luft niemals reichen, zumal er Probleme haben würde, in diesem engen Schlauch zu wenden.

Hektisch wedelte er mit der Lampe durch das Wasser. Er sah Belanas Füße und das Licht ihrer Taschenlampe. Aber wo war der andere Ausgang, wo war ihr Ziel, die Rettung?

Nichts, nur dieser elende Tunnel.

Ihr Grab.

Raven wollte es nicht wahrhaben, er gab noch einmal alles. Er schwamm und ruderte mit aller Kraft. Doch er spürte, dass er den Kampf verlor.

Alles verlor.

Schleier zogen vor seinen Augen auf, Schatten senkten sich über ihn und hüllten ihn ein wie ein Leichentuch. Schwärze umgab ihn, und dann explodierten plötzlich grelle Punkte vor seinen Pupillen wie ein Feuerwerk, ein funkelndes Lichtermeer der Ewigkeit.

Raven glitt hinüber in die Welt der Dunkelheit. Sein Herzschlag dröhnte in seinen Ohren wie die letzten Schläge einer Turmuhr.

Er gab auf und ließ die Taschenlampe fallen. Sie schwebte zwischen zwei Steine – und das war das Letzte, was Raven sah, bevor er selbst den Boden des Stollens berührte.

Eine Hand packte zu, riss ihn am Hemdkragen hoch, zerrte an ihm. Seine Füße schleiften über das Gestein, sein Kopf wurde nach oben gezogen. Er schlug mit der Stirn gegen etwas Hartes, sah einen hellen Schimmer, ein tröstliches Licht gegen die alles umfassende Schwärze.

Dann durchstieß Raven die Wasseroberfläche. Luft strömte in seine gierigen Lungen, er japste, schrie, keuchte.

Belana stützte ihn und schob ihn zum nahen Ufer. Mit letzter Kraft schaffte er es auf die Böschung des Flusses. Hier knickten seine Beine weg und er stürzte in den kühlen Schlamm, wo er einen Moment liegen blieb und Wasser spuckte.

Dann spürte er Belanas Hände an seinem dreckverschmierten Gesicht. Sie strich ihm über die Stirn, fuhr ihm durch die nassen Haare. „Wir haben es geschafft", flüsterte sie dicht an seinem Ohr.

Wärme durchflutete Ravens Körper. Langsam kam er wieder zu Kräften. Mühsam setzte er sich auf.

„Danke", murmelte er und noch einmal: „Danke."

Belana sagte nichts, sondern lächelte nur und schlang einen Arm um ihn. Raven ließ seinen Kopf an ihre Schulter sinken.

Langsam wurden die Bilder klarer und deutlicher.

Sie hockten an einem Fluss, der ungefähr zwanzig Meter breit war und sich schäumend in den Tiefen einer lang gestreckten Höhle verlor. Licht rieselte durch einen Einbruch in der Decke und fiel auf bemooste Steine, die aussahen, als habe ein Riese mit Murmeln gespielt.

Belana stand auf und zog Raven auf die Füße. „Geht's los? Kannst du laufen?"

„Ja", erwiderte er, auch wenn er schnell feststellen musste, dass er noch reichlich wacklig auf den Beinen war.

Sie sollten sich beeilen, dachte er. Sein Vater, Enya und Zerron waren sicher verrückt vor Angst, denn sie wussten nicht, ob Belana und er es geschafft hatten. Die Ungewissheit, ob sie lebten oder in dem Tunnel ertrunken waren, musste unerträglich sein.

„Hoffentlich müssen wir nicht noch einmal tauchen", meinte er, während er neben Belana herlief. „Das hat mir wirklich gereicht."

„Mir auch", sagte sie und erklomm einen besonders großen Fels. Von dort kletterte sie weiter, bis sie sich etwa zehn Meter über dem Fluss auf einem kleinen Plateau befand. Raven war ihr mit einiger Mühe gefolgt und sah nun, dass sie von hier oben eine perfekte Sicht hatten.

Der Fluss schlängelte sich vor ihnen durch ein Gewirr von Felsen.

„Wow, siehst du das auch?“, rief Raven. „Da vorn, rechts vom Fluss?“

In etwa zweihundert Metern, so schätzte er, hatte er ein helles Licht erkannt, das durch ein ebenerdiges Loch in der Höhlenwand fiel. Diese Öffnung schien allerdings recht klein zu sein.

Belanas Blick irrte durch den gewaltigen Höhlenraum.

„Ja“, meinte sie schließlich nach einigen Sekunden. „Dort scheint ein Ausgang zu sein.“

„Ganz genau!“ Raven strahlte. „Nichts wie hin!“

Sie hasteten auf das Licht zu, und je näher sie kamen, umso sicherer war Raven, dass dieses Loch groß genug war, um sich hindurchzuzwängen.

Und tatsächlich: Mit einigen Verrenkungen schafften sie es, die Höhlenwelt zu verlassen.

Draußen empfing sie die Glut der Wüste. Die Sonne war bereits aufgegangen. Blinzelnd schaute sich Raven um. Öde und leer lag das Land vor ihnen – und doch genoss er diesmal den Blick auf die Dünen, das Geröll und den markanten Berg mit den gabelförmigen Zinnen. Dort hatten sie ihre Fahrzeuge abgestellt und sich von Big T und Mysticon getrennt.

„Komm“, sagte er und lief los.

Nach einer Viertelstunde erreichten sie den überhängenden Felsen, wo sie sich vor zwei Tagen verabschiedet hatten – und sofort merkten Raven und Belana, dass etwas nicht stimmte: Ein Fahrzeug fehlte.

Gerade als Raven etwas sagen wollte, stürmte Rollercoaster auf sie zu. Er bellte und wedelte mit dem Schwänzchen, bevor er sich winselnd vor ihren Füßen in einer Staubwolke überschlug.

„Ist ja gut", sagte Raven, hockte sich hin und tätschelte den Nacken des Pitbulls.

„Wo sind Big T und Mysticon?", fragte Belana.

„Das würde ich auch gerne wissen", erwiderte Raven. „Und wo ist Mysticons Wagen?"

Er richtete sich auf und ging mit Belana zu den Fahrzeugen. Raven bedauerte, dass er seinen Bogen nicht dabeihatte. Immerhin hatte Belana eines ihrer Wurfmesser gezückt.

Plötzlich blieb Raven stehen. Vor ihm im Sand verlief eine Blutspur.

HOFFNUNG

Vorsichtig gingen Raven und Belana weiter. Jetzt sah Raven, dass hinter seinem X-Bow ein Paar Stiefel hervorragte.

Oh nein, dachte Raven. So große Füße hatte eigentlich nur einer ... Sein Magen krampfte sich zusammen.

Sie schauten hinter dem Wagen nach.

Big T lag auf dem Rücken im Staub der Wüste. Seine linke Schläfe und der Hals waren voller Blut.

Das waren bestimmt Kassandra, Tarek und die anderen gewesen, dachte Raven voller Wut und Entsetzen.

Belana hockte bereits neben ihrem Freund und fühlte mit geschlossenen Augen seinen Puls. Rollercoaster umkreiste das Trio und bellte.

„Er lebt!" Belana klopfte mit der flachen Hand vorsichtig auf Big Ts Wange. „Bring ihm Wasser, Raven."

Raven holte seine letzte Reserve aus dem X-Bow. Dabei schaute er sich um. Keine Spur von Mysticon. Wo war er? Hatte Kassandra ihn entführt?

Dann war Raven wieder bei den anderen. Mithilfe von Belana hatte sich Big T aufgesetzt. Er wirkte ziemlich benommen und schaute sie mit glasigen Augen an.

Der Pitbull legte eine Pfote auf sein Bein und stupste ihn immer wieder mit seiner knuffigen Nase an.

Behutsam drückte Raven die Flasche an Big Ts rissige Lippen, und sein Freund begann zu trinken.

„Mein Gott, das schmeckt ja furchtbar", sagte Big T und brachte so etwas wie ein Lächeln zustande.

„Schon wieder ganz der Alte, was?", fragte Raven erleichtert.

„Na ja, jedenfalls fast."

„Was ist passiert?", wollte Belana wissen. „Wer war das? Kassandra?"

„Und wo ist Mysticon?" Raven sah Big T fragend an.

„Schatten. Ich will in den Schatten", murmelte Big T und breitete die Arme aus. Gestützt von Belana und Raven rappelte er sich auf und stand nun schwankend da wie ein Baum, dem man die Wurzeln gekappt hatte.

Dann wankte Big T zum X-Bow, während Rollercoaster glücklich um ihn herumsprang. Im Schatten des Autos setzte Big T sich hin und streichelte seinen Hund.

Belana tauchte ein Tuch ins Wasser und begann, Big T das Blut abzutupfen.

„Kassandra? Wer soll das sein? Nein, das war Mysticon", sagte Big T.

„Was?", fragte Belana.

„Ja, wir hatten heute Morgen Streit. Mysticon meinte, dass ihr das Wasser bestimmt nicht mit ihm und mir teilen wollt. Ihr wärt Verräter. Deshalb will er ein eigenes Reich in Paxtonia schaffen, mit ihm an der Spitze, weil er dich, Raven, sowieso für unfähig hält. So ein Idiot!"

Er machte eine kleine Pause und hustete.

Unfähig? Raven spürte, wie die Wut in ihm hochkochte.

Big T hustete noch einmal und erzählte weiter: „Angeblich hat Mysticon eine Idee, wie er das Reich unterwerfen will. Er redete von einer kleinen Armee, auf die er seine Herrschaft stützen will. Er wollte, dass ich mitmache. Er hat mir den Job eines Generals angeboten."

„Eine Armee? Damit kann er nur die Sledgehammer meinen. Mysticon war es, der uns verraten und uns die Sledgehammer auf den Hals gehetzt hat!“, rief Belana.

„Hm, ich weiß nicht“, sagte Raven. „Das habe ich zwar im ersten Moment auch gedacht. Aber warum hat Mysticon dann auf die Sledgehammer geschossen?“

Big T zuckte mit den Schultern. „Vielleicht hat er absichtlich danebengeballert. Na ja, das wird er uns nur selbst erzählen können. Wenn ich den in die Finger kriege ...“ Er machte eine kurze Pause. „General – was für ein Quatsch! Ich habe ihm gesagt, was ich davon halte. Nämlich gar nichts. Ich war dafür, dass wir weiter auf euch warten. Da wurde Mysticon sauer und nannte mich einen leichtgläubigen und nützlichen Schwachkopf. Jemand, den man immer verarscht. Am liebsten hätte ich ihm eine verpasst. Hätte ich es doch nur getan. Denn Mysticon war es, der mir eine verpasst hat. Zuerst zog er sich in seine Karre zurück. Dann muss er sich irgendwann von hinten an mich herangeschlichen und zugeschlagen haben. Und jetzt, jetzt ist er weg, wie es aussieht ...“

Ravens Wut wurde größer und größer. „Ich hab es zwar geahnt, aber trotzdem kann ich es nicht fassen“, brach es aus ihm heraus. „Dieser Kerl hat immer falschgespielt! Bestimmt war er es auch, der mich niederschlagen und versucht hat, mir das Röhrchen mit meinem Teil der Karte zu stehlen, als wir auf dem Weg zu Enya waren.“

Belana nickte langsam. „Ja, so wird es gewesen sein ... Ich frage mich, ob Mysticon wirklich eine Armee hat und ob er uns gefährlich werden könnte.“

„Nicht, wenn wir uns gut aufstellen und Paxtonia verteidigen", erwiderte Raven fest.

„Paxtonia", wiederholte Big T. „Jetzt müsst ihr mir endlich sagen, wie es in der Stadt aussieht!"

Raven und Belana berichteten von der verwunschenen wasserreichen Welt, von Kassandra, dem erfolgreichen Aufstand und den verschütteten Höhlenausgängen.

„Ja, wir haben die Explosionen gehört", meinte Big T. „Kurz hintereinander, heute Nacht. Und Motorenlärm. Bei Tageslicht wollten wir eigentlich nachsehen, wo genau die Explosionen waren. Aber dann hat mich Mysticon ausgeschaltet ... Hm, beide Ausgänge sind zerstört? Wie seid ihr dann hierhergekommen?"

Die beiden erzählten kurz von ihrem Tauchabenteuer, das für Raven fast tödlich geendet hätte.

„Wir müssen versuchen, einen der Ausgänge freizulegen. Vielleicht mithilfe der Autos", sagte Belana, die Big Ts Gesicht nun komplett gesäubert hatte. „Du siehst schon wieder normal aus. Wie fühlst du dich?"

„Ganz okay. Dann lasst uns mal loslegen."

Im X-Bow, in Enyas Watercar und Zerrons Trike fanden sie Abschleppseile, die sie um den ersten Felsen am Eingang knoteten. Raven setzte sich hinter sein Steuer, Belana enterte das Watercar und Big T quetschte sich in das Trike. Dann starteten sie die Motoren und gaben – nachdem Raven das Kommando erteilt hatte – gleichzeitig Gas. Die Seile spannten sich, die Räder wühlten sich in den Sand, und Raven fürchtete schon, dass es nicht funktionieren würde.

Doch ein paar Sekunden später gab es einen Ruck und es gelang ihnen, den Fels ein Stück zur Seite zu ziehen.

„Es klappt, es klappt!“, jubelte Big T.

Nach und nach schafften die drei es, den verschütteten Eingang freizulegen.

„Bitte sehr“, sagte Raven und verneigte sich vor Big T und Rollercoaster. „Möchten Sie nicht ins Land des Wassers eintreten?“

„Aber sicher doch!“, rief Big T und stapfte los – gefolgt von einem schwanzwedelnden Pitbull.

Eine halbe Stunde lang liefen Raven, Belana und Big T durch die faszinierende Höhlenwelt und erreichten schließlich die Stadt. Big Ts Kinnlade klappte herunter, als er die Gebäude sah. Er war begeistert.

Nicht minder groß war die Freude bei den Bewohnern von Paxtonia, als sie Raven und Belana erblickten.

„Sie leben, sie leben!“, gellten die Rufe durch die Gassen.

Schon flog Spy heran und ließ sich auf Ravens Schulter nieder. Die Krähe hörte gar nicht mehr auf, an Ravens Haaren und an seinen Ohrläppchen zu zupfen.

Vor dem Rathaus stürmten Jordan, Enya und Zerron ihnen entgegen.

Jordan war sehr blass, aber er lächelte und schien unendlich erleichtert zu sein. „Ihr habt es geschafft!“

Raven schloss erst ihn, dann Enya und schließlich Zerron fest in die Arme.

Inzwischen standen auch Modorok, Joleen und Erik neben ihnen.

„Na, wie war's im Planschbecken?", fragte Modorok und lachte.

Natürlich waren alle froh, dass es Raven, Belana und Big T gelungen war, einen der beiden Höhleneingänge freizulegen. Auf der anderen Seite herrschte große Sorge wegen Mysticon.

„Wir müssen sofort Wachen aufstellen", sagte Modorok zu Jordan. „Denn es geht sicher nicht nur von diesem Mysticon eine Gefahr aus. Was ist, wenn es Kassandra gelingt, eine neue Armee aufzustellen?"

„Du hast recht, wir sollten gewappnet sein", erwiderte Jordan. „Kümmerst du dich um die Einteilung der Wachen?"

„Klar." Modorok sprang auf eine Mauer und gab die entsprechenden Kommandos.

Raven war klar, dass Modorok in Paxtonia eine wichtige Position einnehmen würde. Er war dafür wie geschaffen. Einer, auf den man hörte. Einer, der voranging, wie Jordan es gesagt hatte. Mutig und entschlossen. Außerdem war es Modorok gewesen, der den Aufstand angezettelt hatte.

Und vielleicht würde Jordan ihn sehr gut ergänzen, überlegte Raven. Sein Vater, der Denker und Planer. Modorok, der Macher. Ein starkes Team, fand Raven. Mit den beiden an der Spitze würde Paxtonia eine glänzende Zukunft haben. Er lächelte.

Plötzlich überfiel ihn eine bleierne Müdigkeit, doch Raven wusste, dass er kaum Zeit für eine Pause haben würde. Er konnte sich jetzt nicht zurücklehnen und den Triumph genießen. Hank und die anderen Deserts harrten im Bunker aus und warteten auf sie. Raven musste mit Belana, Zerron und Big T zurück nach Blackpool und sie befreien. Ihm war klar, dass das alles andere als leicht werden würde. Schließlich war ihr Revier von feindlichen Kriegern besetzt.

Auch Enya hatte versprochen, ihre Leute nachzuholen.

Raven wurde bewusst, dass er schon sehr bald Abschied würde nehmen müssen: von seinem Vater, von Modorok, Joleen und all den anderen, die ihm in kurzer Zeit ans Herz gewachsen waren. Später dann auch von Enya, sobald sie den Weg zur Ölplattform einschlagen würde, auf der ihre Waters lebten.

Die Reise war noch nicht zu Ende.

Noch lange nicht.

ENDE TEIL 2

Als **Fabian Lenk** (geboren 1963) selbst noch ein Kind war, wollte er unbedingt Schriftsteller werden. Auch Musiker oder Archäologe waren Ziele.

Alles brotlose Kunst!, lautete vielfach das Urteil. Also studierte Fabian Lenk Diplom-Journalistik und war 25 Jahre als Reporter tätig. Doch er schrieb auch Bücher. Zuerst veröffentlichte er Krimis für Erwachsene, inzwischen schreibt er hauptsächlich für Kinder und Jugendliche. Rund 200 Titel sind bisher erschienen, die in viele Sprachen übersetzt wurden.

Die „Darklands"-Bücher sind seine ersten Titel bei Kosmos.

Musik macht Fabian Lenk übrigens auch. Seine eigenen Songs findet ihr bei YouTube unter *FabiBeat.*

Fabian Lenk wohnt mit seiner Frau in der Nähe von Bremen. In seinem Arbeitszimmer stehen unzählige Bücher, zwei Computer, ein Schlagzeug und fünf Boxen, die 200 Watt erzeugen.

Arne Jysch, Jahrgang 1973, hat in Hamburg und Potsdam Kommunikationsdesign und Animation studiert. Seit Ende der 90er-Jahre arbeitet er als Storyboardzeichner, Animator und Drehbuchautor.

Er zeichnet für sein Leben gern Comics für Erwachsene. Darklands ist sein erstes Jugendbuchprojekt.